D0999476

# LA TENTACIÓN DE SER FELICES

# Lorenzo Marone

# LA TENTACIÓN DE SER FELICES

Editado por HarperCollins Ibérica, S.A.
Núñez de Balboa, 56
28001 Madrid

Título español: La tentación de ser felices
Título original: La tentazione di essere felice
© 2015, Lorenzo Marone
Published & translated by arrangement with Meucci Agency - Milan
© 2016, para esta edición HarperCollins Ibérica, S.A.
Traductora del italiano: Ana Romeral

Todos los derechos están reservados, incluidos los de reproducción total o parcial en cualquier formato o soporte.
Esta edición ha sido publicada con autorización de HarperCollins Ibérica, S.A.
Esta es una obra de ficción. Nombres, caracteres, lugares y situaciones son producto de la imaginación del autor o son utilizados ficticiamente, y cualquier parecido con personas, vivas o muertas, establecimientos comerciales hechos o situaciones son pura coincidencia.

Diseño de cubierta: Mediabureau Di Stefano, Berlin.
Imágenes de cubierta: Tim Panell/Corbis, sorendls/iStockphoto y Stockbyte/Getty Images.

ISBN: 9788491393603

*A las almas frágiles,*
*que aman sin amarse*

# UNA ACLARACIÓN

Mi hijo es homosexual. Él lo sabe y yo lo sé, aunque nunca me lo haya confesado. No pasa nada, hay muchas personas que esperan a que sus padres mueran para disfrutar libremente de su sexualidad. Lo único es que conmigo no funcionará, ya que tengo intención de seguir rondando por este mundo durante un tiempo, al menos una decena de años más. Si Dante quiere emanciparse, se la tendrá que traer al fresco el aquí presente. No tengo la más mínima intención de morir por sus gustos sexuales.

# CESARE ANNUNZIATA

El tictac del despertador es el único sonido que me acompaña. A esta hora la gente duerme.

Dicen que las primeras horas de la mañana son las mejores para dormir: el cerebro está en fase REM –que es en la que se sueña–, la respiración se vuelve irregular y los ojos se mueven rápidamente de un lado a otro. Un espectáculo para nada divertido, algo parecido a encontrarse delante de un endemoniado.

Yo nunca sueño. Por lo menos, no me acuerdo. Puede que sea porque duermo poco y me despierto temprano. O quizá porque soy viejo y cuando uno se hace viejo los sueños se agotan. El cerebro se ha pasado toda la vida elaborando las fantasías más estrambóticas, es normal que con el tiempo empiece a perder facultades. Nuestra vena creativa tiene su punto álgido en un momento determinado de nuestra existencia. Después inicia el descenso y, al final de nuestros días, ya no somos capaces ni de imaginar una escena de sexo. Sin embargo, cuando se es joven se empieza precisamente por ahí, por imaginarse increíbles noches de pasión con la *showgirl* de turno; con la compañera de pupitre; o incluso con la profesora, que, no se sabe muy bien por qué, parece deseosa de buscar refugio en los brazos de un mocoso con bigotillo y lleno de granos. Es verdad que la inventiva empieza antes, desde pequeños, pero creo que la masturbación juvenil tiene mucho que ver con la formación de la creatividad. Yo era muy creativo.

Decido abrir los ojos. Total, en este estado es imposible dormir. En la cama el cerebro hace viajes alucinantes. Por ejemplo: Me viene a la mente la casa de mis abuelos. Todavía puedo verla, visitarla, pasar de una habitación a otra, olfatear los aromas provenientes de la cocina, escuchar el chirriar de la puerta de la alacena del comedor o de los pajarillos que pían en el balcón. Ahora me detengo en la decoración, recuerdo el más mínimo de los detalles, hasta las figuritas de cerámica que decoraban los muebles. Si aprieto fuerte los párpados, consigo incluso verme a mí mismo reflejado en el espejo de la abuela, verme de niño.

Lo sé, había dicho que ya no sueño, pero me refería a soñar dormido. Sin embargo, cuando estoy en vela, todavía soy capaz de defenderme.

Miro con el rabillo del ojo el despertador y suelto una maldición bajo las sábanas. Pensaba que serían las cinco, pero son todavía las cuatro y cuarto de la mañana. Fuera es de noche, una alarma antirrobo suena intermitentemente, la humedad difumina los contornos y los gatos se acurrucan debajo de un coche.

El barrio duerme y yo doy vueltas en la cama.

Cambio de posición y me obligo a cerrar de nuevo los ojos. La verdad es que no consigo estar tumbado y quieto ni un minuto. Libero toda la energía acumulada durante el día, un poco como hace el mar en verano, que acumula el calor de la mañana para soltarlo por la noche. Mi abuela decía que cuando el cuerpo no está por la labor de descansar, lo mejor es estarse quieto. Después de un rato el cuerpo entiende que no es momento de juerga y se tranquiliza. Lo que pasa es que para llevar a cabo semejante empeño hay que tener paciencia y autocontrol, y desde hace algún tiempo a mí se me han agotado los dos.

Me doy cuenta de que estoy mirando fijamente un libro que hay encima de la mesilla de noche que tengo al lado. Ya he mirado en otras ocasiones su portada, pero aun así compruebo que se me han escapado algunos detalles. Me invade una sensación de estupor que, más tarde, consigo averiguar a qué se debe: puedo leer de cerca. Nadie a mi edad en el mundo entero puede hacerlo. La tecnología ha dado pasos de gigante en el último siglo, pero la presbicia continúa siendo uno de los grandes misterios para la ciencia. Me toco la cara con las manos y comprendo el porqué de tan imprevista y milagrosa curación: me he puesto las gafas, un gesto instintivo que hago ya sin pensar.

Llega el momento de levantarse. Voy al baño. No debería decirlo, pero como soy viejo hago lo que me da la gana. Pues eso, que hago pis sentado, como las mujeres. Y no porque las piernas no me sostengan, sino porque con mi manguera sería capaz de regar hasta los azulejos de la pared de enfrente. Hay poco que hacer al respecto, este chisme a partir de determinada edad cobra vida propia. Le sucede como a mí –y un poco como a todos los ancianos–, que pasa olímpicamente de los que quieren darle lecciones de vida y hace lo que le da la gana.

El que se queja de la vejez está loco o, siendo más precisos, ciego. Uno que no ve más allá de su nariz. Porque ante la vejez solo hay una alternativa, y esta no me parece la más deseable. De hecho, haber llegado hasta aquí ya me parece todo un logro. Aunque, como decía, lo más interesante es que puedes hacer lo que te da la gana. A nosotros, los ancianos, se nos permite hacer lo que queramos. Si un viejecito roba en un supermercado, se le mira con candor y compasión. Sin embargo, si es un chico joven el que roba, se le llama cuanto menos bribón. En resumen, a partir de determinada edad a uno se le abren las puertas a un mundo hasta ese momento inaccesible; un mundo poblado por gente amable, atenta y afectuosa. Pero lo más preciado que se consigue con la vejez es el respeto. La integridad moral, la solidaridad, la cultura y el talento no son nada al lado de la piel apergaminada, las manchas en la cabeza y las manos temblorosas. En cualquier caso, hoy día soy un hombre respetado, que, tenedlo por seguro, no es poca cosa. El respeto es un arma que permite al hombre alcanzar una meta para otros inaccesible, hacer con su vida lo que quiere.

Me llamo Cesare Annunziata, tengo setenta y siete años, y durante setenta y dos años y ciento once días he tirado mi vida a la basura. Después he entendido que había llegado el momento de sacar provecho de mi condición de anciano para conseguir algo mejor.

## SOLO UNA COSA NOS DIFERENCIA

Esta mañana me ha llamado mi hija Sveva, la primogénita.

—¿Papá?

—Hola.

—Oye, necesito un favor... —No tendría que haber contestado. La experiencia sirve también para no cometer una y otra vez las mismas idioteces durante toda la vida. Yo no he aprendido nada del pasado y continúo impertérrito actuando por instinto—. ¿Podrías ir a buscar a Federico al colegio? Tengo una audiencia y llegaré tarde.

—¿No puede ir Diego?

—No, tiene cosas que hacer.

—Entiendo...

—Sabes que no te lo pediría si tuviese otra opción.

He educado bien a mis hijos, no me puedo quejar. No soy uno de esos abuelos que va a recoger a sus nietos. La imagen de esos pobres viejecillos que aparcan el coche fuera del colegio, por ejemplo, me da escalofríos. Sí, lo sé, hacen algo útil en lugar de apolillarse en el sillón; pero no puedo evitarlo, para mí un abuelo «civilizado» es como un carrete de fotos, una cabina de teléfonos, una ficha para los coches de choque o una cinta de vídeo: objetos de un tiempo que fue, pero que ya no tienen realmente un uso.

—Y luego, ¿dónde lo llevo?

—A tu casa. O puedes traerlo al estudio si prefieres. Sí, mejor así, tráemelo al estudio, por favor.

Ahora estoy delante del colegio esperando a mi nieto. Me levanto el cuello del abrigo y meto las manos en los bolsillos. He llegado pronto, una de las cosas que he aprendido según he ido cumpliendo años. Lo mismo que planificar el día a día. A ver, no es que tenga mucho que planificar, pero las pocas cosas que tengo prefiero tenerlas en orden.

La llamada de teléfono de Sveva ha trastocado mis planes. Tenía que ir a la peluquería, porque esta tarde tengo una cita romántica con Rossana. Es una prostituta. Sí, me voy de putas, ¿qué pasa? Todavía tengo mis antojos y no tengo nadie a mi lado a quien dar explicaciones. Pero bueno, he exagerado, no es que me vaya de putas, más que nada porque me resultaría un poco difícil ligar yendo en autobús. Me ha caducado el carné de conducir y no lo he renovado. Rossana es una vieja amiga a la que conozco desde hace tiempo, cuando iba de casa en casa poniendo inyecciones. Es así como acabó en mi salón. Venía todas las mañanas temprano, me pinchaba en el culo y se iba sin decir una palabra. Después empezó a quedarse un poco más para tomar café, hasta que terminé por convencerla de que se metiera entre mis sábanas. Si lo pienso hoy día, la verdad es que no fue muy difícil. No tardé mucho en darme cuenta de que no era mi sonrisa la que había dejado obnubilada a la seudoenfermera, cuando, con expresión seria, exclamó: «Eres simpático y guapo, ¡pero yo tengo un hijo al que ayudar!».

Siempre me han gustado las personas directas, así que desde entonces somos amigos. Ella debe de estar por debajo de los sesenta, aunque todavía conserva unas tetas enormes y un culo bien proporcionado. A mi edad tampoco necesito mucho más, uno se enamora de los defectos que convierten la escena en más creíble.

Llega Federico. Si toda esta gente que está a mi alrededor supiese que hace un minuto este viejo que ha venido a recoger a su

16

nieto estaba pensando en el pecho de una prostituta, seguro que se escandalizarían y llamarían a los padres del niño. No entiendo por qué razón a un viejo no tendría que apetecerle follar.

Nos subimos en un taxi. Es solo la tercera vez que vengo a buscar a mi nieto al colegio, y ya le ha dicho a su madre que está contento de volver con el aquí presente. Dice que el otro abuelo le obliga a ir andando y que llega a casa todo sudado. Conmigo, sin embargo, vuelve en taxi. ¡Faltaría más! Tengo una pensión digna, ningún aniversario de matrimonio que celebrar y dos hijos adultos. Puedo gastarme el dinero en todos los taxis y Rossanas que quiera. Pero el taxista es un maleducado, como suele pasar. Insulta, hace sonar el claxon sin necesidad, acelera y frena de golpe, se enfada con los peatones y no para en los semáforos. Ya lo dije, una de las ventajas de la tercera edad es que puedes hacer lo que te da la gana; total, no va a haber una cuarta para arrepentirse. Así que decido castigar al hombre que intenta fastidiarme el día.

—Debería ir más despacio —exclamo. Él ni siquiera responde—. ¿Ha oído lo que le he dicho?

Silencio.

—De acuerdo, pare ahí y deme su permiso de conducir. —El taxista se gira y me mira sorprendido—: Soy un comandante de *carabinieri* jubilado. Usted está conduciendo de una manera inapropiada y peligrosa para la integridad física de sus pasajeros.

—Discúlpeme, comandante, es que hoy llevo un día un poco malo. Problemas en casa. Le prometo que ya voy más despacio.

Federico levanta la cabeza y me mira. Está a punto de abrir la boca, cuando le aprieto el brazo y le guiño un ojo.

—¿Qué clase de problemas? —le pregunto.

Mi interlocutor agacha la cabeza un segundo y luego da rienda suelta a su desbordada imaginación:

—Mi hija estaba a punto de casarse, pero al marido le han echado del trabajo.

—Entiendo.

Tengo que reconocer que como excusa es buena. Nada de enfermedades o muertes de algún familiar. Es más creíble. Cuando llegamos a casa de Sveva el taxista no acepta que le pague. Otro viaje gratis gracias a un napolitano maleducado. Federico me mira y se ríe, yo le respondo con otro guiño de ojo. Ya se ha acostumbrado a mis salidas, la última vez me hice pasar por policía fiscal. Lo hago porque me divierte, no para ahorrarme dinero. Y que conste que no tengo nada contra el gremio de los taxistas.

Todavía no ha llegado Sveva. Nos metemos en su habitación. Federico se tumba en un pequeño sofá y yo me siento detrás del escritorio sobre el que luce triunfante una foto suya con el marido y el hijo. Diego no me cae demasiado bien. A ver, es buen tipo, pero las personas demasiado buenas aburren, no hay nada que hacer al respecto. De hecho, creo que también Sveva se ha cansado, siempre de morros, siempre de acá para allá pensando en el trabajo. Todo lo contrario a como soy yo ahora, pero quizá muy parecida a como fui en su tiempo. Creo que es una mujer muy infeliz, aunque no hable de ello conmigo. A lo mejor sí que lo hacía con su madre. Yo soy incapaz de escuchar a los demás.

Dicen que para ser buena pareja no es necesario dar grandes consejos, basta con prestar atención y ser comprensivo. Las mujeres solamente piden eso. Yo no soy capaz, me caliento rápidamente, digo lo primero que se me pasa por la cabeza, y me pongo hecho un energúmeno si la interlocutora en cuestión no me escucha y hace lo que le da la gana. Este fue uno de los motivos de constante discusión con mi mujer Caterina. Ella solo quería alguien con quien poder desfogarse, mientras que yo a los dos minutos ya estaba ofreciéndole una solución. Menos mal que la vejez vino en mi ayuda y comprendí que, por mi propia salud, es mejor no escuchar los problemas familiares. Total, después no te dejan resolverlos.

La habitación tiene un bonito y amplio ventanal que da a una calle abarrotada de gente. Si enfrente hubiese un rascacielos en lugar de un edificio cutre hecho de toba, podría llegar a pensar que me encuentro en Nueva York. Lo único es que en la metrópoli americana no hay *Quartieri Spagnoli* con callejuelas que bajan desde la colina, edificios agrietados que se cuentan secretos a través de las cuerdas con ropa tendida, calles repletas de baches, y coches que invaden una minúscula acera colándose entre los pivotes y los edificios. En Nueva York las calles paralelas no esconden un mundo oculto entre sus sombras, allí el moho no crece en el rostro de la gente.

Mientras reflexiono sobre las diferencias entre la Gran Manzana y Nápoles, veo que Sveva baja de un SUV negro y se dirige al portal. Cuando está delante de la puerta se para, mete las llaves en el bolso, se da la vuelta y se mete de nuevo en el coche. Desde aquí arriba solo veo sus piernas enfundadas en unas medias oscuras. Se acerca al conductor, me imagino que para despedirse, y este le apoya la mano en el muslo. Acerco la silla al ventanal y me doy un cabezazo contra el cristal. Federico deja de jugar con su amigo robot y me mira. Le sonrío y vuelvo a la escena que se está consumando ante mis ojos. Sveva baja y entra en el edificio. El coche se marcha.

Miro a mi alrededor sin fijar realmente la vista. A lo mejor he sufrido una alucinación, a lo mejor era Diego. Aunque, pequeño detalle, Diego no tiene un todoterreno. A lo mejor era un compañero de trabajo que la ha acercado en coche. Pero ¿un compañero le pondría la mano en el muslo?

—Hola, papá.

—Hola.

—¡Aquí está mi tesoro! —grita, levantando a Federico por las axilas y llenándole de besos.

La escena me trae a la mente a su madre. También ella se comportaba así con sus hijos. Estaba demasiado presente, era demasiado cariñosa, demasiado presurosa e invasiva. A lo mejor es por eso por lo que Dante es gay. Quizá su hermana lo sepa.

—¿Dante es gay? —le pregunto.

Sveva se gira de golpe con Federico todavía en brazos. Deja al niño en el sofá y, con tono glacial, me responde:

—Perdona, pero ¿a mí qué me cuentas? ¿Por qué no se lo preguntas a él? —Es homosexual y ella lo sabe—. Además, ¿a qué viene eso ahora?

—Así, sin más. ¿Qué tal ha ido la audiencia?

Ella se pone aún más a la defensiva.

—¿Por qué?

—¿No te lo puedo preguntar?

—Nunca te ha interesado mi trabajo. ¿No eras tú el que decía que el Derecho arruinaría mi vida?

—Sí, lo pensaba entonces y lo pienso ahora. ¿Tú te has visto?

—Escucha, papá, hoy no tengo el día para uno de tus sermones. ¡Tengo muchas cosas que hacer!

La verdad es que mi hija se ha equivocado demasiadas veces: estudios, trabajo y, por último, marido. Con todos estos errores a la espalda no se puede sonreír y hacer como si no pasara nada. Claro, que tampoco es que yo haya dado siempre en el clavo, que he hecho un montón de tonterías, como casarme con Caterina y tener dos hijos. No lo digo por Dante y Sveva, por Dios. Lo digo porque no se deberían traer hijos a este mundo con una mujer a la que no se ama.

—¿Qué tal con Diego? —pregunto.

—Bien —contesta ella como si nada, quitando el suplemento de economía del periódico y dejándolo sobre el escritorio. En la portada se puede leer: *Sarnataro contra comunidad de vecinos de via Roma.*

No entiendo cómo alguien puede elegir por iniciativa propia pasarse el día discutiendo por chorradas; como si en la vida no hubiese ya demasiadas peleas, para añadir las de los demás. Y sin embargo a Sveva le gusta. O a lo mejor hace que le guste, como le pasaba a su madre. Caterina sabía sacar algo positivo de cada situación, mientras que yo, por el contrario, nunca me he molestado en buscar lo bello en lo feo.

—¿A qué vienen hoy todas estas preguntas?

—A nada, como nunca hablamos...

Pero ya está en el pasillo, con los tacones aporreando el parqué mientras va de una habitación a otra, y la voz inmersa en una rápida conversación con una colaboradora. Discuten sobre un pleito por un siniestro. ¡Otra vez, qué tostón!

Observo cómo mi nieto se entretiene con una especie de dragón y sonrío. En el fondo somos iguales, sin ninguna responsabilidad y con nada de lo que preocuparnos si no es de jugar. Federico juega con los dragones, yo con Rossana y con alguna que otra chorrada. Solo una cosa nos diferencia: él tiene toda la vida por delante y miles de proyectos que llevar a cabo, mientras que a mí me quedan pocos años y un montón de arrepentimientos.

# LA LOCA DE LOS GATOS

Nada más salir del ascensor me encuentro con Eleonora cargada con un gato que no había visto hasta entonces. La puerta de su casa está abierta y el hedor que sale de las habitaciones ha invadido ya el rellano. No entiendo cómo no se da cuenta, pero sobre todo no entiendo cómo puede pasarse la vida rodeada de ese tufo insoportable.

Eleonora es una de esas viejecitas que encuentras por la calle con un plato de cartón, agazapada entre dos coches. Su casa se ha convertido en un refugio para felinos con problemas. En realidad, los pocos que yo he visto me ha parecido que estaban estupendamente, pero como ella insiste en que se ve obligada a llevárselos a casa porque o bien están enfermos o bien heridos, prefiero no entrometerme. La prueba de ello es que, de vez en cuando, uno de sus gatos –se van turnando–, intenta escaparse para recuperar la libertad, alejándose del amor egoísta de su carcelera.

Algunas veces basta con poner un pie en el vestíbulo para comprender que unos pisos más arriba Eleonora tiene la puerta de su casa abierta. Y claro, a pesar de todos los descansillos en los que podría haberse alojado esta vieja viuda boba necesitada de amor, ha sido el mío el que ha tenido el honor de ser el elegido.

Todavía tengo expresión de asco en la cara, cuando ella me saluda con cariño.

—Hola, Eleonora —le respondo mientras busco las llaves en el abrigo.

Estoy intentando no respirar. Mi vida depende de la velocidad con la que sea capaz de sacar las llaves y meterme corriendo en casa. A mi edad cuento con pocos segundos en apnea. Por desgracia, ocurre lo que tenía la esperanza de que no ocurriese: Eleonora me habla y me veo obligado a tomar aire para responderle.

—Él es Gigio —dice sonriendo y enseñándome al felino que, por lo que parece, está tan incómodo como yo.

Arrugo la frente en un intento de no inhalar el efluvio fétido que invade mis fosas nasales, y respondo:

—¿Un nuevo inquilino?

—Sí —responde ella rápidamente—, es el último que ha llegado. Pobrecito, ¡lo atacó un perro y casi lo mata! Lo he salvado de una muerte segura.

Observo un momento el gato, que mira obnubilado hacia el horizonte, y yo me pregunto si ya estará maquinando su plan de fuga.

Un segundo después, una pareja de unos cincuenta años –ella con pelo teñido y labios operados, él calvo y con unas gafas de culo de botella que se le resbalan por la nariz– sale de casa de Eleonora y me saluda, antes de extender la mano a mi vecina. Esta última, sin embargo, no les devuelve el saludo ni el apretón.

Se ve que los dos se esfuerzan en sonreír y ser amables pero que, en realidad, están horrorizados por el espectáculo que acaban de contemplar. Se escabullen en el ascensor dedicándonos una última mirada llena de terror al descansillo y a mí, me imagino que preguntándose cómo hago para ser amigo de la loca de los gatos y, sobre todo, su vecino. La verdad es que el más sorprendido soy yo; ya que en todos estos años nunca había visto salir a nadie de casa de Eleonora Vitagliano, a no ser que fuera el marido, y de eso hace ya un siglo. Nunca, especialmente individuos jóvenes o con aspecto juvenil. Nunca nadie que no hiciese una mueca para protegerse de la peste. Aunque, en este sentido, la pareja no ha sido una excepción.

—¿Quiénes eran? —pregunto con curiosidad una vez que se han ido.

Que yo sepa, Eleonora no tiene a nadie que se ocupe de ella. No tiene hijos, el marido murió hace tiempo y nunca he visto a ningún otro familiar.

—¿Qué? —contesta.

Eleonora Vitagliano tiene más o menos mi misma edad y está sorda como una tapia, así que las pocas veces que me veo en la obligación de hablar con ella tengo que repetir todo y aumentar progresivamente mi tono de voz.

—Preguntaba que quiénes eran esos dos —repito.

—Ah —dice ella, dejando escapar el gato, que se cuela en casa y sale pitando por el pasillo—, eran unos señores que han venido a ver la casa.

—¿Por qué? ¿La vendes?

Eleonora me mira con expresión indecisa.

Tiene el pelo despeinado, el bigotillo blanco, y unas manos cerúleas que parecen garras, llenas de venas y castigadas por el reumatismo.

—¿Has decidido marcharte? —tengo que volver a repetir, alzando aún más la voz.

—No, no. ¿Adónde? Esta es mi casa, aquí es donde quiero morir. Imagínate si me voy. —La miro con curiosidad y ella continúa—. Es que mi sobrina, la hija de mi hermano..., ¿la conoces? —Digo que no con la cabeza—. Es el único familiar que me queda y, bueno, me está metiendo presión para que la venda. Dice que está pasando apuros; que tarde o temprano la casa será para ella; y que yo podría quedarme aquí, que no se vendería hasta después de mi muerte. Yo no he entendido nada, pero he dicho que sí porque no tengo tiempo para discutir con la familia. Total, nunca firmaré nada, y cuando viene alguien a ver la casa se la enseño toda manga por hombro.

No me cuesta nada creer lo que me está contando. Eleonora, aunque está muy mayor y le falta algún que otro tornillo, sabe hacerse respetar.

—Tu sobrina querrá vender la nuda propiedad —le digo, intentando explicarle lo que me acaba de contar —, los nuevos propietarios comprarían la casa ahora, pero no podrían venirse a vivir hasta después de tu muerte.

—Sí, ya, eso me había parecido entender. Pero imagínate si yo puedo vivir pensando que ahí fuera hay alguien que está todo el día detrás de mí, aparte de mi sobrina.

Sonrío con gusto, aunque el comportamiento de esta fantasmal sobrina no tenga nada de divertido. Si estuviese aquí, le diría un par de cositas.

—¿Y prefieres tener gente rondando por tu casa a decir la verdad a tu sobrina? —le pregunto, aunque un segundo después ya me he arrepentido. No tanto por lo obvio de la pregunta, sino porque estoy contribuyendo a alargar demasiado la conversación y a hacer que su puerta siga abierta. Harán falta días para ventilar el edificio. Por suerte, no he abierto todavía mi casa.

—Pues, Cesare, qué quieres que te diga, tienes razón; pero así es la vida, no quiero que se enfade conmigo. Vivo sola desde hace un montón de tiempo y no necesito a nadie, pero nunca se sabe lo que puede suceder mañana, si pudiera necesitarla de vez en cuando. Tú también estás solo, puedes entenderme —responde y se me queda mirando.

—Ya —me limito a contestar, si bien a una parte de mí le gustaría añadir algo más, mostrarse un poco más solidaria.

—En la vida hay que saber aceptar los compromisos —continúa Eleonora totalmente metida en la conversación—, y la vejez, querido Cesare, es un compromiso continuo.

—Ya —respondo como si no conociese otra palabra.

Durante setenta años he sido el maestro de los compromisos, mi querida loca de los gatos. Después he perdido todo y, paradójicamente, me he encontrado libre. La verdad es que no tenía nada que cambiar, esa ha sido mi gran suerte.

Esto es lo que tendría que haber respondido, pero la conversación podría tomar a saber qué derroteros, y se me está acabando el oxígeno. Por eso me despido de Eleonora y meto las llaves en la cerradura en el mismo instante en el que se abre la tercera puerta del descansillo. Una pareja ha alquilado el piso desde hace unos meses. Ella debe de tener unos treinta años, él un poco más. En cualquier caso, los dos son jóvenes y sin hijos, lo que hace que estén totalmente fuera de lugar en este edificio –lleno en su mayoría de viejos y familias–, y en el mundo. Apuesto a que los pobres se ven en la obligación de tener que estar dando explicaciones de por qué no tienen un nene en su vida; pregunta que, viendo su mirada inquisitiva, estoy seguro de que también le gustaría hacer a Eleonora.

—Buenos días —dice la chica, arrugando inmediatamente el entrecejo para defenderse del hedor.

Se me escapa una risita y la joven me dedica una mirada torva.

—Buenos días —me apresuro a decir, pero ella ya me ha dado la espalda.

—Buenos días —exclama también Eleonora, añadiendo inmediatamente—: Señora, aprovecho para decirle que si por casualidad ve un gato negro, es mío. Es que verá, estaba acostumbrado con los anteriores inquilinos a pasar a su casa por la cornisa, y no querría que ahora hiciera lo mismo.

—No he visto ningún gato, no se preocupe —responde la chica antes de meterse en el ascensor.

—Unos tipos raros —comenta Eleonora.

—¿Por qué?

—Pues no sé. Llevan aquí poco tiempo, pero nunca sonríen, siempre dicen «buenos días», «buenas tardes», sin pararse un rato a charlar.

—Bueno, son jóvenes, tendrán sus amigos. Lo importante es

que no molesten. Por lo que a mí respecta, como si no me saludan, como si no tienen nombre —contesto, dedicándome de nuevo a mi cerradura.

—Él no sé, pero ella se llama Emma.

—Emma —repito, girándome de golpe.

—Sí, Emma. ¿Por qué?

—No, por nada. Bonito nombre.

—¿Cómo?

—Decía que bonito nombre.

—Ah, sí, no está mal.

—Bueno, Eleonora, me despido de ti —exclamo, abriendo la puerta—. Si necesitas algo, ya sabes dónde estoy.

—¿Cesare?

—¿Sí?

—¿Puedo llamarte si alguien más quiere ver la casa? El agente inmobiliario me llama cada medio minuto para darme consejos que yo no le pido.

Perfecto, quieres hacerte el amable, y de repente te encuentras enmarañado en asuntos que no te incumben.

—¿Y qué quiere?

—Qué quiere. Pues la otra tarde me dijo, sin andarse con muchos rodeos, que debería tener el piso más ordenado, ya que si no los potenciales compradores podrían desmotivarse. Claro, yo no podía decirle que ese era precisamente mi objetivo. —Sonríe.

—Ya, ¿y hoy por qué no estaba también él?

—Se había marchado antes, pero verás como en pocos días vuelve a pasarse por aquí. Si estuvieras tú, sería diferente... Con un hombre siempre es distinto. No se atrevería a decir ni pío sobre cómo está la casa. Porque si vuelve a hacerlo, me vería obligada a echarle, ¡y entonces a ver quién aguanta a mi sobrina!

—De acuerdo, llámame.

—Gracias.

Cierro la puerta detrás de mí y olfateo la entrada para asegurarme de que el hedor no haya entrado también en mi casa. Solo después me quito el abrigo y voy a la cocina mientras sacudo la cabeza con desaprobación. Me he debido de hacer muy viejo si permito que un simple nombre me arruine el día.

Incluso si Emma no es un nombre cualquiera.

# DOS FIGURAS DE CIRCO

Rossana se merecería una vida distinta. Quiero decir que debería ser más feliz, pero en lugar de eso creo que está tirando la toalla. A lo mejor es porque se pasa el día regalando alegría a sus clientes y luego le queda poca para ella. Las personas que hacen felices a los demás deberían recibir a cambio gratitud y respeto. También las putas, también Rossana. Si no existiera ella, yo sería peor persona, más nervioso, quizá más solitario y, sin duda, más reprimido.

En una relación normal de pareja cada uno hace su parte, ofrece al otro lo que puede, lo mucho o poco que tiene. Sin embargo, a Rossana nadie le da nada, si no es dinero. El problema es que con el dinero no se compra ni el cuidado ni la atención.

—Oye, ¿qué te parece si una noche salimos a cenar?

Frecuento a Rossana desde hace dos años y el sitio más alejado de la cama donde hemos intercambiado dos palabras ha sido la cocina. Conozco mucho mejor sus estrías que sus gustos culinarios; podría unir sus lunares como si se tratasen de los puntos de la *Settimana Enigmistica*[1]. Ni siquiera sé si tiene una hermana. Del hijo me habló una vez que me presenté en su casa con un *prosecco* que había

---

1 Revista de pasatiempos que sale semanalmente.

comprado en un antro cercano. Ella hablaba y yo bebía, ella hablaba y yo miraba el techo. Nunca se me ha dado bien hablar.

—¿A cenar?

—Sí, en un restaurante.

—¿Qué pasa, señor Annunziata, me tienes que pedir algo?

Nadie se fía de mí, las cosas como son, ni siquiera mis hijos, ni siquiera una prostituta. Y la verdad es que no creo ser una persona con dobleces. Sí, vale, a lo mejor es como decía Caterina, que estoy demasiado centrado en mí mismo, pero eso no significa que me guste fastidiar al prójimo.

—¿Por qué no puedo invitarte a cenar sin que haya un motivo oculto?

—Mmm, te conozco desde hace demasiado tiempo. ¡Vete a tomar el pelo a otra persona!

No hay nada que hacer, me rindo. En los últimos años me he empeñado tanto en dar una imagen tan imperfecta de mí, que ahora no puedo volver atrás. Moriré siendo un cínico y un antipático.

—Podríamos ir a alguna tabernita a comer pescado y beber vino, a hablar un poco de nosotros. Nos conocemos desde hace mucho tiempo, pero aun así no sé nada de ti.

Rossana está de pie, de espaldas a mí. Yo todavía estoy en la cama, con un vaso de vino en la mano y la mirada fija en el culo de esta arpía. Tarda en ponerse las bragas. La propuesta ha debido de ser tan chocante, que le impide hacer algo tan sencillo como ponerse la ropa interior.

—Entonces, ¿qué te parece? ¿Te gusta el plan?

Por toda respuesta, se sienta en la cama y agacha la cabeza. Sigo viéndole la espalda, pero por desgracia ya no le veo el culo. Tenía razón yo, hay que tener cuidado con las palabras, como en los crucigramas, porque una equivocada puede organizar un caos.

—Vale, si no te apetece no pasa nada, yo no me ofendo en absoluto.

Rossana no se da la vuelta y el silencio invade la habitación, dejando que mi colon y sus mil rugidos se conviertan en los protagonistas de la escena. Finjo un ataque de tos para disimular el ruido; aunque, en realidad, si pudiese, me dejaría llevar y me tiraría un pedo que pondría rápidamente las cosas en su sitio. Apoyo el vaso vacío en la mesilla y me incorporo para sentarme. Creo que es evidente que he dicho algo que no debía, el problema es averiguar qué. La verdad es que he perdido mano con las mujeres. Caterina murió hace cinco años; mi última amante me recordará todavía con los pelos del pubis negros; y Rossana, bueno, no tuve que hacer demasiado esfuerzo para conquistarla. Es lo malo de cuando se va demasiado tiempo con una prostituta: te olvidas de los preámbulos, los preliminares, las buenas maneras y las cortesías; todo lo necesario para llevarte a la cama a una mujer «normal».

Me enciendo un cigarro y veo de reojo, antes de que la haga añicos con un gesto de rabia, que le está cayendo una lágrima por la mejilla. Caramba, la última mujer a la que vi llorar fue a esa compañera mía, cómo se llamaba, que me confesó que quería que lo nuestro fuera algo más serio. Le sequé los ojos y me largué corriendo. No, en realidad no fue la última, Caterina sí que fue la última. Lo único que ella no lloraba por mí, sino por su cuerpo enfermo. Y sin embargo tampoco entonces supe intervenir más que con gestos artificiales e inútiles. Algunas veces me despierto en mitad de la noche y me parece tenerla todavía a mi lado. Entonces le susurro a la fría pared lo que tendría que haberle dicho a ella: «No estás sola, yo estoy aquí». He dicho que no la quería, pero no hay día que no le pida perdón por lo que hice.

—Perdona —susurra Rossana.

Me acerco y le apoyo una mano en el hombro. La piel está fría y llena de granitos, aunque hace pocos minutos me parecía aterciopelada y perfumada como la de una virgen. En esos momentos soy capaz de ver lo que quiero.

—Es que hace tantos años que nadie me invita a cenar fuera.

—Oye, si te provoca este efecto, ¡retiro inmediatamente la propuesta!

Sonríe y se seca una lágrima con el dorso de la mano.

—Qué bobo, es que no me lo esperaba. Y en cualquier caso, no está siendo un periodo fácil.

Ya está, hemos llegado al quid de la cuestión. Ahora debería levantarme, ponerme los pantalones, darle el dinero y desaparecer. Ella es una prostituta, yo un cliente. Nuestra relación debería terminar aquí y los dos tan contentos. Pero con una mujer, incluso cuando le pagas, si te pasas demasiado tiempo en su cama las cosas se complican endiabladamente.

Así que me veo en la obligación de hacer la pregunta que ella espera en silencio:

—¿Ha pasado algo? ¿Quieres hablar?

—No, qué va, no te quiero molestar con mis problemas, que ya tendrás los tuyos. Además, tú aquí vienes para relajarte, no para escuchar más rollos.

Ya, vengo para relajarme, pago y no quiero escuchar problemas. Hasta ahí todo bien. Pero, no sé por qué, esta tarde las preocupaciones de Rossana despiertan mi curiosidad. Hace tanto tiempo que no escucho los problemas de los demás.

—Hagamos así —digo—, nos levantamos, vamos a la cocina, me preparas una tortilla francesa y hablamos.

Se gira y me enseña la cara toda embadurnada de maquillaje ahora corrido. Parece una máscara de carnaval, pero sin que haga reír. Tengo que dirigir la mirada a sus tetas colganderas para recordar el motivo por el que estoy en esta casa. Después levanto de nuevo la mirada y me encuentro con mi imagen reflejada en el espejo. Sentado en la cama, con la barriga descansando sobre el pubis, los brazos flácidos, los pectorales que parecen las orejas de un cocker y los pelos blancos en el tórax, doy asco. Sí, verdaderamente asco. Entonces me giro y mis ojos se encuentran con los de Rossana. Se ha dado cuenta de mi rápido movimiento ocular y sonríe.

—A lo mejor ha llegado el momento de quitar el espejo —comenta.

—Sí —respondo—, me da a mí que sí.

Cuando nos levantamos el espejo vuelve a reflejar la cama deshecha. Las dos figuras circenses han terminado, al menos por hoy, su triste espectáculo.


En bata y sin maquillar, Rossana no se llevaría a casa ni diez euros, aunque en el fondo basta una buena lencería para poner todo en orden.

—A tu edad deberías comer un poco mejor —dice.

—Sí, es verdad, pero cocinar es una de las pocas cosas que se hace por los demás, no por uno mismo.

Sonríe. Parece que cualquier cosa que diga le hace gracia. No creo ser una persona especialmente simpática, pero, sin embargo, ella me hace sentir sociable. Es una de sus virtudes, uno de sus puntos fuerte, aparte de las tetas, obviamente: Rossana te hace sentir un hombre mejor. A lo mejor finge, pero si así fuese, caray, qué buena actriz.

—Pero ¿tú tienes familia, hijos? ¡Nunca me lo has contado! Solo sé que habías estado casado.

Es el hecho de estar a la mesa lo que le ha dado valor para preguntármelo. Definitivamente, es mucho más íntimo compartir una cocina que una cama.

—Sí, tengo dos hijos —refunfuño mientras mastico el pan con el que acompaño la tortilla.

Mi respuesta es glacial, pero ella no se da por vencida.

—¿Dos chicos?

—¿No íbamos a hablar de tu problema?

—Vale, dejémoslo.

—Un chico y una chica. Aunque quizá debería decir dos chicas.

—¿En qué sentido?

—El chico es homosexual —respondo sin ningún tipo de contemplación, llevándome el vaso a la boca.

Esta vez Rossana no se limita a sonreír, se troncha de risa.

—¿Qué pasa?

—¡Hablas como si no fuera tu hijo!

—Y, perdona, ¿cómo debería hacerlo?

—¿Tiene pareja?

—En realidad, a mí me lo oculta.

Se levanta y coge el paquete de cigarrillos que hay en la repisa de encima del fregadero. Aprovecho y le digo que me dé uno, aunque no debería fumar porque hace tres años me dio un infarto. Una vida demasiado acelerada, me dijeron los médicos. Tabaco, alcohol, pocas horas de sueño y dieta inapropiada. Durante unos meses Sveva me tuvo a raya en su casa, y pobre de mí si la pifiaba. Después me cansé de hacer del hijo de mi hija y me volví a mi casa, donde retomé mi vida anterior. Al fin y al cabo, a mi edad un infarto no es lo peor que te puede pasar.

—Mi hijo ha perdido su trabajo —afirma Rossana después de un rato.

Doy una calada y veo cómo se desvanece el humo a través de la luz amarilla de la lamparita. La habitación es pequeña, los muebles tienen tropecientos años y los azulejos están mellados. En resumen, un ambiente deprimente. Eso sí, al menos parece limpio.

—Tiene una mujer y tres hijos que mantener, y no sabe qué hacer. Y no quiere mi dinero, ¡no quiere nada de mí! —Rossana es una mujer afable a pesar de su rostro agresivo, sus rasgos duros, sus ojos negros como los de un tiburón, su nariz aguileña y sus labios carnosos. Es precisamente este contraste el que la hace atractiva—. En realidad no me habla. Cuando voy a buscar a mis nietos él coge y se va. No me perdona lo que hago.

—¿Y por qué se lo dijiste?

—Lo descubrió él solo no hace mucho tiempo. Desde entonces no me quiere hablar.

—Pero ¿por qué? ¿Desde hace cuánto tiempo trabajas en esto?

—Desde hace treinta años, ¡un montón!

Madre mía, si hubiese cotizado, dentro de poco podría jubilarse. Intento no pensar en todos los hombres que han podido pasar por esta cocina en los últimos treinta años, y me concentro en sus palabras. Entre otras cosas porque, mientras ella habla, ya he puesto en marcha el cerebro para buscar una solución.

—El jefe le ha echado de un día para otro, sin ni siquiera darle el finiquito.

—¿Cómo es posible?

—Trabajaba en negro, ya sabes cómo funciona todo aquí.

Sí lo sé, sí, pero no me acostumbro. Ella vuelve a retomar la palabra y yo a echarme vino en el vaso. Ya no la escucho, se me acaba de ocurrir una idea.

—A lo mejor puedo hacer algo —la interrumpo.

Me mira con media sonrisa para ver si estoy de broma o si estoy hablando en serio.

—Tendrías que preguntar a tu hijo si tiene alguna prueba de que ha trabajado allí, si conoce a alguien que quisiera hacerle de testigo. A lo mejor se le podría meter un buen puro a ese tipo.

—¿De verdad? —responde ella, y se le iluminan los ojos.

—He dicho que a lo mejor...

—¿Cómo?

—Tú fíate. Dime cómo se llama su jefe e intenta encontrar alguna prueba de que tu hijo ha trabajado allí.

Alarga su mano hacia la mía, pero yo la retiro instintivamente antes de que el arrepentimiento haga acto de presencia. Mientras tanto Rossana ya ha vuelto a lo de antes.

—¿De qué trabajabas, de abogado?

Ahora soy yo el que se ríe.

—Por favor... Mi hija es abogada, ¡yo soy transformista!

—¿Transformista? ¿Y eso qué es?

—Un transformista es un experto en disfraces. Un camaleón.

Me mira con cara de extrañeza antes de añadir:

—Sea lo que sea, me resolverías un problema muy gordo. ¡Me paso todo el día pensando en ello!

—Bueno, yo no he dicho que la situación vaya a resolverse, pero hablaré con mi hija Sveva. ¡Caray, no hace otra cosa en la vida más que pelearse con los demás! Verás como tu hijo vuelve a tener trabajo o, por lo menos, lo que le corresponde.

Su mano se apoya sobre mi brazo. Esta vez no puedo apartarme, sería demasiado.

—¿Por qué haces esto por mí? ¿Por qué ayudas a mi hijo? ¿Por qué me invitas a cenar?

Demasiadas preguntas me ponen nervioso, sobre todo cuando desconozco la respuesta. No sé por qué me apetece ayudarla, pero de golpe me parece lo justo. Me levanto sin decir palabra y voy al dormitorio a buscar mi ropa. Ella se acerca a la puerta y, después de observarme durante un rato, me suelta otra pregunta:

—¿Todavía sigue en pie la propuesta?

—¿Cuál? —respondo, mientras busco con la mirada la ropa interior desperdigada por la habitación.

—La invitación a cenar.

En realidad ya no me apetece demasiado. Puede que sea porque acabo de engullir una tortilla de tres huevos o porque la mayor parte de las personas mayores a esta hora está roncando en la cama; pero cenar con Rossana y hablar de Dante y Sveva ya no me parece tan apasionante. Lo único es que ya es demasiado tarde para echarse atrás.

—Claro —contesto, agachándome con gran esfuerzo a coger los calcetines que están tirados en el suelo.

Rossana llega y me abraza por la espalda. El enorme peso de su pecho hace que me tambalee y, por un momento, temo terminar en el suelo con los huesos hechos añicos. Finalmente consigo incorporarme y recuperar el equilibrio.

Es la primera vez que me abraza, aunque, por otro lado, también es la primera vez que ceno en su casa y le hablo de mis hijos. La situación se me está escapando de las manos. Me giro con la esperanza de que lo pille, pero ella no se separa ni un milímetro. Nos quedamos abrazados, con la cara a pocos centímetros, como dos adolescentes sentados en un banco a la salida del instituto. Ella me mira a los ojos, yo a su pecho. Si levantara la mirada, lo normal sería besarla. Lo que pasa es que un viejo como yo no puede besar a una mujer. Todo tiene su límite.

Por suerte, Rossana tiene tablas, sabe cuándo ha llegado el momento de romper el hechizo. Se ha dado cuenta de que sigo mirándole el pecho y me suelta la mejor pregunta de toda la tarde:

—¿Qué, echamos otro?

Me lo pienso un momento y asiento muy serio. Realmente no creo que el chisme que tengo ahí abajo esté muy de acuerdo. Vale lo de entrenarse un poco, pero forzar demasiado la máquina no me parece tampoco justo. Aunque no se lo reconocería ni a Rossana, así que respondo:

—Vale, pero ¡primero coge una manta y tapa ese espejo!

# HAMBURGUESA DE SOJA

—Papá, abre, ¡soy yo!

Aprieto el botón del telefonillo y me quedo mirando la pared para ver si encuentro una respuesta a la pregunta que me ronda en la cabeza: ¿qué hace mi hijo aquí, a esta hora tan rara? Por suerte, cuando abro la puerta él ya está en el descansillo con dos bolsas de la compra en las manos.

—¡Anda! —le suelto—. ¿Qué haces tú por aquí?

Dante no responde, cierra la puerta del ascensor con el pie, sonríe y pasa a mi lado para entrar en casa, más concretamente en la cocina. Voy detrás de él sin saber por qué, en busca de una explicación. Deja las bolsas en la mesa y me vuelve a sonreír. Es en ese momento cuando me doy cuenta de su vestimenta. Lleva pantalones de pitillo color beis, una especie de botines negros tachonados y una camisa de color salmón o coral. Es decir, esa gama de colores que he visto llevar solo y exclusivamente a tías ancianas o como pintura de alguna de las figuritas de cerámica con las que estas mismas tías decoraban sus casas.

—Tenía que hacer un recado por esta zona y se me ha ocurrido que podía subirte algo del supermercado de aquí abajo. Así no tienes que cargar con las bolsas.

—Existe la entrega a domicilio. —Es la única frase que se me ocurre, pero en el momento mismo en que sale de mi boca ya me siento un capullo.

Por suerte, él no parece hacer mucho caso a mi poco simpática respuesta, se remanga la camisa y empieza a sacar la compra de las bolsas.

—Y bien, ¿qué tal todo? ¿Alguna novedad?

—Nada nuevo —refunfuño, mirando cómo llena la mesa de productos que, en su mayoría, no uso.

—No sabía muy bien lo que necesitabas, así que he cogido un poco de todo —continúa como si nada.

Si hay algo positivo en la relación con mi hijo es que con él no me veo en la obligación de fingir, puedo ser yo mismo, la persona arisca que siempre he sido. Dante, a pesar de mi clara sociopatía, tira adelante como si nada, sin inmutarse por lo que hago o digo en su presencia. Es como si se hubiese creado una coraza contra la cual resbalan o rebotan mis frases y gestos.

—¿Cómo está tu hermana? ¿Sabes algo de ella?

Esta vez me responde con un «no» seco que no da pie a otras preguntas. Ya tendría que saber que lo único que Dante no soporta es que le pregunte por su hermana. «¿Por qué me preguntas siempre por ella? ¡Coge el teléfono y llámala!». Esta suele ser su respuesta o, al menos, lo ha sido durante años. Sin embargo, últimamente Dante parece haberse resignado y me responde con un simple monosílabo. Ha entendido que cambiar las costumbres de un viejo es una ardua tarea. Siempre le he preguntado por Sveva y sería incapaz de no hacerlo. En realidad, no me interesa saber de mi hija, ella me llama con frecuencia. Es solo que no sé qué decir cuando le tengo delante, así que me sale hablar de Sveva. Ella siempre ha estado entre nosotros dos e, incluso cuando no está, se hace sentir su presencia.

—Te he cogido algunas cosas dietéticas, sal sin yodo, mayonesa de arroz... —continúa, apilando los botes.

—Tendré comida para un año —comento, mirando en silencio cómo termina la operación.

Al final se da la vuelta y exclama:

—¡Te veo en buena forma!

—Tú también estás en forma —me esfuerzo en contestar, intentando apartar la mirada de su camisa.

Por suerte, se acaba el tiempo del que dispone para visitar a su pobre y solitario padre.

—Bueno, pues yo me voy marchando. Hablamos esta tarde o mañana —dice, poniéndome la mano en la espalda.

Un padre ejemplar debería haberse acercado a su hijo y abrazarlo con fuerza para después decirle que está orgulloso de él. Pero, aparte de que estas escenas solo se ven en las películas americanas, yo soy lo más diferente que hay a un padre ejemplar; así que me quedo tieso como un palo hasta que él, al darse la vuelta, ve el paquete de cigarrillos. Su expresión cambia de golpe.

—¿Qué haces con eso? —pregunta.

—¿Con qué? —Finjo no haber entendido para hacer tiempo y buscar una excusa válida. Después del infarto, de hecho, no he vuelto a fumar delante de mis hijos precisamente para evitar la reprimenda que, estoy seguro, está a punto de caerme. A no ser que encuentre una buena excusa—. Son de Marino —digo de golpe —, de cuando viene a verme.

—¿Pero no me habías dicho que ya no salía nunca de casa?

Dante tiene un gran defecto: siempre se acuerda de todo lo que le cuentas.

—Sí, ya no sale a la calle, pero un piso lo puede subir.

Parece creerse mi sucia mentira, pero añade:

—Papá, por favor, no hagas tonterías, que ya no eres un niño.

—Anda, anda... —contesto, acompañándolo a la puerta.

—Oye, el sábado... —Está a punto de decir algo, cuando del ascensor que acaba de llegar sale Emma, la cual no parece alegrarse mucho de encontrarnos. Saluda rápidamente y se mete en su casa cerrando la puerta detrás de ella—. Qué guapa tu vecina —dice mi hijo inmediatamente después, dejándome perplejo. Es la primera vez que hace un comentario en mi presencia sobre una mujer. Por un pequeño instante casi dudo de su homosexualidad, pero después mi mirada se posa en su camisa coralina y comprendo que no hay lugar a dudas. De hecho, también un gay puede encontrar atractiva a una mujer. Y esta es, sin duda, atractiva. Aunque no parece muy simpática.

Hago una mueca para darle a entender que no me importa si mi vecina es simpática o no lo es. Entonces se despide de mí y se mete en el ascensor.

—Una última cosa —digo. Dante se para y me mira—. La próxima vez que me trates como a un viejo chocho al que hay que cuidar, ¡no te abro la puerta!

Suelta una carcajada y pulsa el botón.

Qué guapo es Dante cuando ríe. Y, por suerte, suele ocurrir a menudo.

Siempre he preferido a Sveva, aunque ahora mismo no sabría decir muy bien por qué.


Llamo al timbre y oigo cómo los tacones de Emma se acercan a la puerta. Después la mirilla se oscurece y entiendo que la chica está mirando mi cara, así que sonrío y exclamo:

—¡Hola! Soy Annunziata, su vecino.

Abre y me sonríe con amabilidad. Sin embargo, a pesar de sus modales, se ve que no está muy contenta con mi iniciativa. A lo mejor piensa que soy uno de esos viejos «tocapelotas» que están siempre reclamando la atención de los demás, que estoy intentando un acercamiento para después aprovecharme de su disponibilidad. Tranquila, querida, no tengo ninguna intención de entablar amistad contigo y con tu marido; no aguantaría que me invitarais a cenar, la deferencia y las miradas compasivas. Simplemente tengo que librarme de estas cosas, nada más. Después, por lo que a mí respecta, podremos volver al «buenos días» y al «buenas tardes».

Esto es lo que me gustaría decirle, pero, en lugar de eso, exclamo:

—Mi hijo me ha traído algunos productos dietéticos y biológicos que no uso. Ya sabe, en mis tiempos no existía este tipo de cosas —digo, extrayendo de la bolsa un paquete de hamburguesas de soja y sonriendo—. Siempre he comido hamburguesas de ternera y aquí sigo, así que no voy a empezar a preocuparme ahora por mi salud. He pensado que quizá a usted podrían servirle...

Esta vez Emma sonríe de corazón y coge el paquete que le ofrezco.

—Muy amable —comenta.

—Podría haber llamado a la puerta de Eleonora —añado, señalando con la cabeza la puerta cerrada que está a nuestro lado—, pero no creo que tampoco ella sepa cómo cocinar estos inventos del demonio.

Sonríe de nuevo. Tengo que reconocer que mi hijo, a pesar de todo, tiene ojo. La chica es realmente llamativa, con el pelo oscuro que le cae a lo largo de la espalda, el cuerpo menudo y proporcionado, ojos de oriental, y la boca carnosa. Además, tiene un defecto que hace su belleza más peculiar: un incisivo un poco roto que le da un toque agresivo y sensual. Si tuviese la mitad de años que tengo, quizá perdería un poco de tiempo en cortejarla.

—¿Aquel era su hijo? —me pregunta.

—Sí —respondo.

Después me la quedo mirando para ver si lo ha comprendido, si le ha bastado un simple vistazo para entender que Dante es gay.

—Tengo la sartén en el fuego —afirma Emma, haciendo que desaparezcan de mi mente pensamientos absurdos.

—Adelante, adelante —replico, acompañando mis palabras con un movimiento de mano.

Un segundo después vuelvo a estar solo en el descansillo. Con el rabillo del ojo percibo un movimiento a través de la mirilla de

Eleonora. La señora Vitagliano estaba entregada a uno de sus pasatiempos preferidos: el espionaje.

—¡Malditos viejos —murmuro entre dientes mientras vuelvo a casa—, que continuáis mirando el mundo a través de una mirilla!

Me gusta no ser como ellos. Me hace sentir diferente y, sin duda, mejor.

# NACÍ TIERNO Y MORIRÉ GRUÑÓN

Tengo un pálpito: mi vecina Emma sufre malos tratos por parte de su pareja. O del marido. En resumen, del cabronazo con el que vive.

Soy viejo, y los viejos somos rutinarios, no nos gustan las novedades. Es por este motivo por el que pensamos que todo empeora en lugar de mejorar, que es lo que nos enseña el cuerpo según van pasando los años. Por eso, cuando llegó la pareja joven yo torcí el morro; creía que romperían mi paz, que organizarían banquetes, cenas, cumpleaños y yo qué sé cuántas cosas más. A su edad cualquier excusa es buena para organizar una fiesta, y cumplir años es una de las metas que hay que superar para llegar a la siguiente. A su edad todavía no han entendido que sí, que es importante lograr nuestros objetivos, pero que no hay prisa, que no hace falta batir ningún récord. Es mejor llegar a paso lento, disfrutar del paisaje, mantener el ritmo constante y la respiración acompasada durante todo el trayecto, y terminar la carrera lo más tarde posible. Porque, no sé si los jóvenes lo saben, pero una vez arrancada la cinta de llegada no hay nadie que te venga a condecorar el pecho con una medalla.

Y sin embargo me equivocaba: ni una fiesta ni una invitación ni un cumpleaños. La pareja que vive a mi lado está muda como un muerto. Nunca una voz más alta que otra o el volumen de la televisión demasiado alto o la apestosa bolsa de basura fuera de la puerta. Una pareja invisible, vamos.

Hasta hoy.

Antes de ellos hubo una familia formada por mujer, marido y tres niños pequeños: un infierno. Estas tres calamidades se pasaron tres años, los peores de mi vida, llorando ininterrumpidamente. Es una desgracia ser vecino de una familia que saca del horno un recién nacido cada año. Es como ser padre por segunda vez o, si tenemos en cuenta a Sveva y Dante, una tercera, una cuarta y una quinta vez. La verdadera catástrofe es que su habitación estaba pegada a la mía. Vivo en Vomero, un barrio en las colinas de Nápoles donde el aire es bastante limpio y en verano se está fresco. Solo hay un problema, un gran problema: mi edificio se construyó en los años sesenta, durante el *boom* económico, con poco esmero y mucha superficialidad. Es decir, las paredes sirven solo para separar, no para aislar. La vida es un continuo compartir con los vecinos: los llantos de los niños de al lado; el pipí y la cisterna de la vecina de arriba; un ataque de tos de Marino, el viejo —hay que decirlo— amigo que vive bajo mis pies. Aquí, si tienes el sueño ligero, hasta un pedo tirado dos pisos más arriba podría despertarte.

Después de las tres primeras noches en vela cogí el cojín y me mudé al sofá. Entonces mis amables vecinos me invitaron a cenar, quizá porque pensaban que era un viejo solitario necesitado de ayuda. Que estuviese solo era y sigue siendo verdad, pero no necesito ninguna ayuda. Fuera como fuese, me vi en la obligación de decir que sí y de pasar una tarde en compañía de aquellos pelmazos que me habían robado el sueño. Pensaban que me ablandaría al estar con las tres criaturitas, que sería uno de esos viejos bobos que, para no pensar en la muerte, se enganchan a aquellos que todavía les queda vida por delante. Resumiendo, esperaban que mi corazón fuese menos duro, pero se equivocaban. Se suele decir que el tiempo suaviza el carácter, sobre todo el de los hombres. Muchos padres severos se transforman en abuelos cariñosos. A mí me ha pasado al contrario: nací tierno y moriré gruñón.

Pero me estoy dando cuenta de que me estoy desviando del tema. Estaba hablando de la nueva pareja de vecinos y del hecho de que él, en mi opinión, le pega.

Ya lo he dicho, duermo poco y mal. Anteayer noche estaba todavía dando vueltas en la cama, cuando los dos empezaron a pelear. Al principio solo se oía la voz enfadada de ella, pero después también empezó él a gritar. Al rato oí un ruido sordo, como si un objeto pesado cayese al suelo, y después se hizo el silencio. Me entró curiosidad y acerqué la oreja a la pared. No creo equivocarme si digo que Emma lloraba y que él la consolaba. A la mañana siguiente, mientras yo intentaba abrir el buzón, llegó ella. Llevaba gafas de sol oscuras y miraba al suelo. Nada más verme me dio la espalda y subió las escaleras. «Buenos días», le dije, pero ya estaba lejos.

Estoy seguro de que tenía un ojo morado e hinchado, por eso al llegar a mi piso me entraron ganas de llamar a su puerta y asegurarme de que todo estaba bien. Incluso acerqué la mano al timbre, pero en el último momento cambié de idea. Siempre me he ocupado de mis asuntos y me ha ido bien, ¿por qué meterme en lo que no me llaman?

Además, mi vecina ya es mayorcita. Si el marido le pega, es libre de marcharse.

Durante el resto del día me olvidé de lo sucedido, hasta que esta mañana me he encontrado en el descansillo con la chica que buscaba las llaves en el bolso y me daba la espalda. Cuando la he saludado ha respondido con una rápida sonrisa que no le ha permitido ocultar su labio hinchado y herido.

Es verdad, soy una persona arisca; y si alguno de mis hijos tuviera el valor de subirse al sitio ese desde el que se dan sermones para alabar mis virtudes, dudo mucho que me definiera como una persona sociable. No odio a la gente, es solo que estoy demasiado centrado en mí como para ocuparme de los demás. Lo decía siempre Caterina: «No eres malo, eres solo egoísta». Nunca he estado de acuerdo. El egoísta es aquel que busca a toda costa su bienestar, mientras que yo nunca he alcanzado ese bienestar. También he fracasado como egoísta.

Pero estábamos hablando de mi vecina. La violencia contra las mujeres es uno de esos temas que escuchas en la televisión, algo alejado de nuestro día a día, de la «gente normal». Es un poco como pasa con el homicidio; es difícil que alguno de mis conocidos muera asesinado, es más fácil que muera alcanzado por un rayo mientras coloca una parabólica.

En resumen, la historia de esta santa mujer me ha tocado un poco la moral, ya que esta vez no puedo hacer como si nada, sobre todo si ella se empeña en darse paseos por el edificio con la cara amoratada. Es por este motivo por el que he decidido intervenir, aunque todavía no sepa muy bien cómo.

Creo que se lo contaré a Marino, a lo mejor a él se le ocurre alguna idea. Aunque es más fácil que mañana no salga el sol.

# LO NO HECHO

Marino es uno de esos viejos «tocapelotas» a los que los nietos toman el pelo, que siempre repiten las mismas cosas, que no oyen, que no entienden el lenguaje de los jóvenes y que no saben usar el ordenador. Pero, a diferencia de otros de sus coetáneos, él sí que tiene ordenador, como se puede ver en el escritorio de su estudio. Siempre me preguntaba por qué lo tendría, ya que para él incluso la máquina de escribir supuso un salto al vacío. Después supe que era de su nieto Orazio, que suele ir por las tardes a estudiar a su casa.

Marino tiene más de ochenta años, su aliento huele a rancio, sin dentadura es incapaz de articular una sílaba y alguna vez se hace pis encima. En resumen, es un desastre. Pero es una bellísima persona y, además, es de confianza. Es verdad que con él no te vas a mondar de risa; pero es alguien con el que se puede hablar, alguien que, incluso no oyendo, te escucha. Alguna vez hasta da buenos consejos. Es decir, en mi vida Marino está a medio camino entre un psicólogo al que regurgito mis ansiedades, y un cura al cual confieso mis pecados. Lo gracioso es que ambos, psicólogos y curas, siempre me han caído como el culo.

—¿Y qué pasa si se da cuenta de que hemos sido nosotros los que le hemos enviado la carta, si averigua a quién pertenece la letra? —pregunta mi amigo con tono agitado.

Suspiro. Se me olvidaba decir que Marino es un tipo muy ansioso, y a mí los tipos ansiosos me ponen a su vez ansioso. Es por esto por lo que a veces se crea entre nosotros un círculo vicioso que genera agitación sin que haya un motivo real para ello y, sobre todo, sin que se llegue a saber quién la ha generado.

—Aunque no creo que los servicios de inteligencia vayan a movilizarse por nuestra carta, he pensado también en ello. Es por eso por lo que estoy aquí hoy. —Me mira con aire interrogativo, si bien ya está acostumbrado a mis extrañas divagaciones—. ¡Usaremos tu ordenador! —añado poco después con una sonrisa maliciosa.

Él no responde, menea la cabeza de un lado a otro y da golpecitos en el reposabrazos de su sillón. Al final suelta:

—¡Tú estás loco! ¿Sabes que con los ordenadores es muy fácil dar con los culpables? Nos pillarían al día siguiente.

Reflexiono. No tengo yo tan claro eso que está contando, pero se le ve tan seguro que casi me convence.

—¿Y eso cómo lo sabes tú, que ni siquiera sabes dónde se enciende el ordenador?

—Me lo ha explicado Orazio.

Entonces debe ser cierto. Tenemos que volver al plan original, tenemos que escribir la carta a mano y echarla en el buzón. La idea se me ocurrió ayer por la noche cuando, como de costumbre, estaba dando vueltas en la cama. Pensé que el cabrón que pega a su mujer debería saber que alguien sabe lo que hace, así la próxima vez se lo pensaría dos veces antes de levantarle la mano.

He vuelto a ver a la chica en el supermercado de abajo de casa. Yo estaba echando un vistazo a los estantes y ella estaba en la charcutería. Cuando me ha visto ha vuelto a girarse de golpe y a darme la espalda. Creo que le da vergüenza, a lo mejor sabe que yo lo sé.

En cualquier caso, no podía perder la oportunidad, así que he agarrado el atún en oferta, me he acercado a ella, me he plantado detrás y le he susurrado: «Lo sé todo». Después he seguido mi camino como si nada hubiera pasado, sin girarme para comprobar si ella me había oído.

Me gusta hacerme el misterioso.


—Además, no sabrías cómo imprimir una carta con aquel cacharro. ¿Y estás seguro de lo que dices? No se puede acusar a un hombre de maltrato sin tener pruebas. ¡Le arruinaríamos la vida!

Hay otro rasgo de la personalidad de Marino del cual todavía no he hablado: es bueno, muy bueno. A veces tengo la impresión de hablar con Federico, mi nieto. A lo mejor es verdad que la vida gira en redondo y que al final volvemos al punto de partida. Si te fijas con atención en un viejo de ochenta años y en un recién nacido, encontrarás los mismos miedos.

—Pero si no tenemos que denunciarlo. Simplemente, le metemos un poco de presión. Si es verdad que no pega a la mujer y que todo han sido alucinaciones mías, se reirá un rato y pasará a otra cosa. Si por el contrario, como creo yo, es culpable, empezará a tener más cuidado.

—Cesare, a ti te gusta hacer de detective, estas situaciones te divierten. A mí no, yo quiero estar tranquilo, hacer locuras no es lo mío.

Es verdad, me gusta jugar a los detectives. Me encanta transformarme en otras personas, adoptar otras personalidades, vivir de manera ficticia. Esto se debe a que, hasta una cierta edad, viví una vida bastante «normal», sin demasiadas emociones. El problema es que cuando te acercas al final, por la noche te vienen a visitar un montón de vocecitas irritantes que te susurran de manera insistente: «Un poco de vida, no te apolilles en casa, haz alguna locura, intenta hacer todo "lo no hecho" en tu miserable existencia».

Precisamente eso, lo no hecho. Me ha costado setenta años comprender que me encuentro justo ahí, en lo no hecho. Mi verdadera esencia, mis deseos, la energía y el instinto se han quedado en todo aquello que me habría gustado hacer. No es agradable oírte decir que te has equivocado a lo largo de toda tu vida, que has jugado mal tus cartas y que te has retirado del juego cuando tendrías que haberte quedado, incluso si así te arriesgabas a perder todas las fichas que tenías delante. Además, no es para nada fácil recuperar el tiempo perdido, en pocos años tienes que poner orden a toda una existencia. Casi imposible.

Es curioso, cuando empiezas a entender cómo va todo, suena el gong como si estuvieras en un programa de televisión y en los últimos treinta segundos intentaras hacer tu jugada, cuando los tres minutos anteriores te los has pasado mirándote las uñas.

—Marino, tienes ochenta años y, que yo sepa, nunca has hecho ninguna locura. Desde hace diez años estás sentado en tu sillón y, si te levantas, se puede ver tu forma dibujada en él. ¿No te parece que antes de morir estaría bien hacer algún disparate?

Me mira fijamente y tamborilea con los dedos en el reposabrazos. Yo mantengo su mirada porque sé que será el primero en echar marcha atrás. Y, efectivamente, después de un rato agacha la cabeza y dice:

—Está bien. Pero te advierto, ¡si me viene a buscar le digo que la idea fue tuya!

Un clásico de Marino, hacer las cosas a medias. Quién sabe si también en el sexo dejaba la «conversación» a la mitad. Yo creo que en el colegio tenía que ser de esos chicos que se contentaban con el suficiente. Le faltaba valor para no estudiar, pero al mismo tiempo no le interesaba aprender, deseaba conseguir su objetivo cuanto antes y que lo dejasen en paz. Si fuese una redacción, sería una de dos páginas, el mínimo exigido. Yo, al contrario, podría adoptar también en este caso dos apariencias diferentes: una redacción de ocho páginas o un folio en blanco. Cualquiera de las dos opciones sería de mi agrado.

—No tenemos que entrar en un banco con un pasamontañas, tenemos solo que escribir una carta de advertencia. Además, lo hacemos por una causa justa. ¿No quieres ayudar a una pobre chica?

Asiente, pero no se le ve demasiado convencido.

—Pero ¿de verdad no sabes de quién estamos hablando? ¿Nunca te la has encontrado por las escaleras? —pregunto atónito.

Él se limita a decir que no con la cabeza.

—Es verdad, cómo habrías podido verla. ¿Hace cuánto que no sacas el morro de esta ratonera?

—¡No es una ratonera! —responde sacando pecho.

Tiene razón, no es una ratonera, pero de vez en cuando necesita un buen tortazo en toda la cara.

—Sí, Marino, tu casa es una ratonera, tu vida es una ratonera. Todavía no estás muerto, ¿lo entiendes? Ahí fuera el mundo sigue girando, no ha caído ningún asteroide en los últimos diez años. Siguen existiendo calles, árboles, escaparates y mujeres bonitas.

Debería enfurecerse. Yo, en su lugar, me levantaría, agarraría a mi interlocutor por el brazo, le pondría verde, a lo mejor hasta le daría un tortazo, y después lo echaría de mi casa. Acto seguido me pondría el abrigo y saldría pitando por las escaleras. Marino no hace ni una cosa ni otra: no se cabrea, no me da una torta y no se mueve del sillón. Me mira y sonríe. Me quiere mucho, el viejales, tanto como yo a él; aunque no moriré aquí dentro para hacerle compañía.

Me levanto y me dirijo a la puerta. Él me detiene.

—Estaba pensando... que a lo mejor podría llamar a Orazio, ver qué piensa él, si realmente podrían dar con nosotros a través del ordenador. Podría echarnos una mano para escribir la carta.

—Sí, estupendo —contesto—, me parece una buena idea.

—Entonces lo llamo esta tarde y te cuento.

Abro la puerta y voy al piso de arriba. No uso el ascensor porque tengo que mantenerme en forma si quiero seguir haciendo el imbécil. En el primer escalón me suena el teléfono.

—¿Papá?

—Hola, Dante —respondo entre jadeos. O hablo o me entrego a las escaleras. Decido pararme pocos escalones antes de mi meta.

—¿Cómo estás?

—Bien.

—Oye, el otro día se me olvidó decirte que el sábado por la tarde es la inauguración de una exposición importante. ¿Te apuntas?

—¿Habrá comida?

—Sí, habrá comida, si no, no te habría llamado —dice soltando un suspiro.

—De acuerdo. ¿Quién es el artista?

—Leo Perotti, un pintor emergente que ha expuesto ya en Berlín. Me gustaría presentártelo.

No lo he oído en mi vida, aunque tengo que reconocer que no soy un gran experto en arte. Si en lugar de Perotti la exposición fuera de Picasso, recibiría la noticia con el mismo entusiasmo. Dante, sin embargo, está eufórico, tiene un tono de voz demasiado elevado, casi estridente, como una mujer en la etapa premenstrual.

—Está bien, allí estaré —contesto.

Querría ser más entusiasta, pero no me sale. Siempre me propongo comportarme de manera diferente con Dante, pero después, cuando lo veo o hablo con él, no cambio nada. Continuar siendo arisco con mis hijos es la única solución que me queda, ya que cambiar de actitud conllevaría un importante gasto de energía. Y yo la energía la necesito para otros fines.

—¿Viene también Sveva? —añado.

—No lo sé —resopla—, me ha dicho que si puede, se pasa.

Me quedo en silencio. Ya no tengo más argumentos. Por suerte es él el que da el siguiente paso.

—No veo la hora de que llegue el sábado. ¡Estoy tan emocionado!

Emocionado por qué, no consigo entenderlo. Ni que fuese él el que va a exponer.

Mi hijo tiene una galería de arte en pleno centro histórico, un espacio bonito, a la moda, frecuentado por gente bastante rara, a decir verdad. En cualquier caso, me gusta su trabajo, aunque a él no se lo confesaría nunca. Lo sé, no se tendría que hacer, pero yo soy así, no me sale decir lo que debería decir. Algunas veces lo he intentado, pero las palabras se me han quedado en la punta de la lengua antes de volver a colarse por mi esófago.

—Me alegro por ti —respondo sin mucha convicción.

Él parece darse cuenta, porque se queda un rato en silencio. Después se despide y cuelga.

Estoy orgulloso de Dante, de su trabajo, de su personalidad y de la forma en que se comporta. En algunos aspectos lo prefiero a él antes que a su hermana, pero sigo teniendo más confianza con ella. Es más fácil interactuar con una mujer, a pesar de que mi hija tenga su carácter. Cuando eran pequeños Caterina me regañaba por mi evidente predilección por Sveva. Es por eso por lo que ella, para equilibrar la balanza afectiva, se enganchó al segundo. En realidad, yo no lo elegí. Dante llegó en el momento en que Sveva empezaba a comportarse como una niña y a relacionarse conmigo, a hablar, a jugar, a abrazarme. Dante, en comparación, me parecía uno de esos muñecos que te miran inmóviles desde los escaparates de las tiendas. Resumiendo, sin quererlo, Caterina y yo nos dividimos los hijos y las tareas. Ella se ocupaba de Dante, yo de Sveva. Él es homosexual, ella egocéntrica y neurótica.

—Si estuvieses aquí, quizá no estaría mal cambiarse los papeles. A lo mejor así podríamos reparar los daños ocasionados —grito una vez ya en casa. Mis palabras retumban en el pasillo vacío—. Aunque creo que ya es un poco tarde. Tendríamos que haberlo pensado antes. Es tu culpa, por no querer cambiar. Nunca tenías dudas y pensabas que la vida seguía un único camino. Yo, tienes que admitirlo, ya lo veía venir. Si te hubieras parado a escucharme, quizá las cosas habrían sido muy diferentes.

Las paredes no me responden. Mejor, así no me llevan la contraria. Mientras tanto, el reloj de la cocina sigue marcando los segundos. Nunca me había dado cuenta, pero en esta casa el silencio es quien manda.

# NO SE PUEDE SALVAR A ALGUIEN SI ESTE NO QUIERE

Uno de los gatos de la señora Vitagliano viene de vez en cuando a visitarme. El santo gato sale al balcón, bordea el muro y se cuela en mi casa. Creo que puede ser culpa de Emma, que siempre le cierra la ventana, así que el pobre minino se ve obligado a andar unos cuantos metros más en busca de un alma caritativa que esté más dispuesta a acoger su deseo de huir del cariño enfermizo de Eleonora. Y si, como pasa ahora, se encuentra con las puertas del balcón cerradas, se queda ahí arañando hasta que tengo que levantarme para abrirle.

En fin, un problema importante, pero también un poco de compañía.

Me levanto y lo cojo por el cogote para apoyarlo en la cama. Son las tres y media de la mañana, y no hay forma de pegar ojo. El gato se llama Fuffy, pero yo lo he rebautizado Belcebú. El nombre de Fuffy es horrendo, solo podría haberlo elegido una mujer.

En el edificio nadie soporta a Eleonora Vitagliano porque los gatos de la calle la siguen hasta el portal. La verdad es que esos gatos estarían dispuestos a tirarse de un quinto piso por ella. Y cómo no va ser así, ¡si los atiborra a comida desde por la mañana hasta por la noche! No me extrañaría que algún pobrecillo tuviera el colesterol alto o diabetes.

En cualquier caso, a mí la loca de los gatos me gusta; de joven era simpática y enérgica. Hoy es más arisca, menos abierta a los demás, pero no molesta y ayuda a los animales. Si hubiese llegado a mis años sin comprender cuánto respeto se merecen los animales, entonces se podría decir que no he entendido cómo funciona el mundo.

Al gato lo he llamado Belcebú porque es negro y sus ojos lanzan destellos rojos. En resumen, un diablo que merodea por el vecindario en busca de algún estúpido que le dé unas croquetillas. Yo no tengo croquetas para gatos, pero su maullido insistente en medio de la noche me saca de quicio. Voy a la cocina y me quedo paralizado ante el desolador espectáculo que ofrece mi frigorífico: tres huevos, unas lonchas de jamón cocido, un paquete de Tranchetes, una botella de vino y leche. Me siento en la mesa y le lanzo un poco de jamón a mi amigo, el cual lo devora en medio segundo y se queda quieto, mirándome con ojos suplicantes.

—Lo siento, querido, pero no tengo nada más para darte. Te tendrás que conformar con eso.

Le echo un poco de leche a él y un poco de vino a mí, y mientras lo hago me paro a pensar en lo ridículo de la escena: sentado en compañía de un animal, cada uno con el morro metido en su bebida. Menos mal que la mía está mucho mejor.

No me importaría ser un gato, alguien que no se encariña demasiado con nadie, que «decide» amar porque en el fondo no lo necesita, que se las puede apañar solo. Me gusta la gente que se las compone sin romper el alma a los demás.

Lo dicho, que si tuviese que reencarnarme en animal —lo cual no sería de extrañar teniendo en cuenta mis múltiples pecados—, no me importaría ser un gato. Yo también encontraría una loca a la que gorronear e iría todo el día de excursión en busca de una minina a la que cortejar. Sería uno de esos gatos sucios, cabezones, con los ojos oscuros, que vagan entre los contenedores de basura como los guepardos entre los árboles de la sabana. Marino, en cambio, sería un gato doméstico, quizá un persa o un siamés, una de esas razas que a lo largo de los siglos se han ido adaptando a la vida hogareña hasta el punto de volverse incapaces de vivir en la calle. El gato persa ha tardado generaciones en convertirse en un pusilánime que necesita a los demás. A Marino, en cambio, le ha bastado una vida.

Un golpe seco hace retumbar el descansillo. Belcebú se gira un momento y vuelve a su leche. Me levanto y me acerco por el pasillo.

—¡Abre, cabrona! —Miro por la mirilla y le veo a él, al agresor, que da golpes a la puerta de su casa y grita—. ¡Me cago en la hostia, abre ahora mismo la puerta o verás!

Parece borracho. Tengo que hacer algo, pero si lo pienso demasiado, no hago nada.

Abro la puerta.

Se da la vuelta y me mira como si tuviese delante un marciano que acabara de salir de un ovni.

—¿Y bien? ¿Qué formas son esas de dirigirse a una señora?

No sé lo que estoy haciendo, actúo sin pensar. En algunas ocasiones o te dejas llevar o no haces nada.

—¿Y tú qué cojones quieres?

Huele a alcohol y parece bastante cabreado. A lo mejor debería cerrar la puerta y volver a mi vino, pero soy demasiado orgulloso. Además, qué demonios, ¿quién tendría el valor de pegar a un pobre viejo?

—Me ha despertado y, además, está molestando a su mujer. ¡Eso es lo que quiero!

Se acerca y me clava los ojos. Después, con su aliento apestoso, me suelta:

—¡Que te jodan!

Marino, en mi lugar, bajaría la mirada, pediría perdón y volvería a meterse en casa. Pero se trata de mí, y Cesare Annunziata no tiene nada que ver con los otros viejos. Si alguien me pisa, yo reacciono, aunque sea a costa de que me partan la cara. Entonces comienzo una de mis puestas en escena, una de las que mejor me sale.

—Gilipollas, está hablando con un general jubilado del ejército. ¡Haga el favor de bajar el tono o tendré que borrarle de la cara esa expresión de imbécil!

Retrocede y me siento satisfecho. El general del ejército funciona siempre. El muy idiota está a punto de decir algo, cuando se abre la puerta de su casa y aparece ella. Él concentra toda la rabia acumulada en la mirada que dirige a la mujer. Después se mete en casa y desaparece. Sonrío todo orgulloso, pero ella no parece tan contenta.

—¿Qué quiere usted de mí? Haga el favor de ocuparse de sus asuntos, ¡que aquí nadie le ha pedido nada!

Y cierra la puerta. Me quedo en el descansillo con media sonrisa dibujada en la cara. Después suelto un suspiro y me meto en el baño. Tengo que orinar, como cada vez que me cabreo o me excito. Me siento en el váter y llega Belcebú a restregarse contra mis arrugadas pantorrillas. Me dirijo a él, mi único interlocutor:

—¡Y yo que casi hago que me maten por ella! Soy un viejo estúpido y romántico. No se puede salvar a alguien si este no quiere. ¡Casi ochenta años y todavía no lo he entendido!

Belcebú me mira extrañado. Después decide no seguir prestando atención a un viejo chocho que habla solo, y se pone a lamerse la pata. Siempre me ha parecido una manera genial de lavarse, económica, que no ensucia el medio ambiente y que no te hace perder el tiempo. Lo único es que tendríamos que haber nacido mucho más flexibles y con la lengua prensil. Muchas veces me pregunto por qué estamos construidos de manera tan compleja. ¿Para qué necesitamos todos estos órganos, capilares, sangre, tripas, uñas y pelos? ¿Es posible que no hubiera una alternativa más sencilla? Es más, ¿por qué necesitamos energía del exterior, agua y comida? ¿Y oxígeno? ¿Por qué no nos hicieron autosuficientes? Es un tema complicado, y si me quedo un rato más sentado, termino por no sentir las piernas y entonces me toca llamar al 112 para volver a la cama.

Suena el timbre. Belcebú sale corriendo y se esconde debajo del sofá. Miro el reloj: son las cuatro y cuarto. Esta noche es más movida que de costumbre. Será Emma, que quiere pedirme disculpas; o el marido, que se lo ha pensado mejor y viene a pegarme. Me paro a mitad del pasillo a escuchar. Vuelven a llamar con un timbrazo corto. Mi matón quiere acabar conmigo, pero al mismo tiempo se preocupa de no despertar a los vecinos.

Por una décima de segundo tengo la tentación de volver a la cama y usar los tapones que todavía guardo en la mesilla. Después pienso en la cara de pánfilo de Marino y abro la puerta. Si tengo que morir, que sea luchando.

Ante mí se perfila la silueta de Eleonora Vitagliano en bata y zapatillas de andar por casa.

—Hola —digo.

—Hola. Perdona las horas, pero tengo que hablar contigo.

No estoy acostumbrado a que pasen mujeres a mi piso, sobre todo si estoy en pijama; aunque la palabra «mujer» para referirse a mi vecina me parece inapropiada. Nada más cerrar la puerta llega Belcebú.

—¡Cariño, mira dónde te habías escondido! —dice, agarrando al gatoncio bribonzuelo que ya parece haberse olvidado del menda y del jamón que se ha comido por la cara.

—Cesare, he presenciado la escena de antes...

Intenta susurrar, pero, como está sorda, su tono de voz no se corresponde con la cara que está poniendo.

—Ah —respondo, no sabiendo muy bien qué decir.

—Has hecho muy bien en intervenir —continúa—, ese tipo se merecía que alguien le plantase cara.

Asiento y me quedo de pie en la puerta de entrada, con la esperanza de que pille la indirecta y deje de molestarme. En lugar de eso continúa ahí, con Fuffy en brazos, mirándome fijamente.

—Eleonora, son las cuatro de la mañana... —intento decir, pero ella ni me escucha.

—¡Creo que ese hombre pega a su mujer!

Abro los ojos de par en par. Resulta que la abuela es menos tonta de lo que pensaba.

—¿Y tú qué sabes?

—¿Cómo?

Alzo un tono más la voz.

—Decía. ¿Estás segura?

—Sí, sí, estoy segura. Mira, yo no oigo demasiado bien, pero esos dos montan tal escándalo...

—Ya.

—Fíjate, la otra noche los vi volver a casa y ella llevaba un pañuelo en la boca.

—Sea como sea, la chica me ha pedido que no me entrometa, y eso es lo que pienso hacer —respondo con sequedad.

—¿Y si pasa algo?

—Pues no será culpa mía.

—Podríamos llamar a la policía.

—Llámala tú. A mí casi me agreden y encima me he llevado una bronca. Eleonora, yo entiendo tu preocupación, de verdad, pero ya sabes cómo son las cosas, es tarde...

—Sí, perdona. Mi problema es que no consigo dormir por las noches.

—Ya, te entiendo.

Qué curiosa es la vida. Cuando eres joven y fuerte dormirías todo el día; y cuando te conviertes en un blandengue y apoltronarse sería una bonita forma de pasar el rato, resulta que no consigues pegar ojo.

—Pero si esos dos vuelven a pelearse, yo te llamo —aclara la mujer, bajando al descansillo.

—Está bien —respondo.

Sería capaz de prometerle cualquier cosa en estos momentos.

Me despido de ella y del listillo de su gato, y cierro la puerta detrás de mí. Echo otro vistazo al reloj: son las cuatro y media de la mañana. A estas alturas es ridículo intentar volverme a dormir. Mejor poner la cafetera en el fuego.

¡Qué noche más estupenda! Una copa en compañía de un gato zalamero, una pelea en la que casi me matan, una reprimenda por parte de una vecina antipática a la que intentaba defender, y una charla con Eleonora Vitagliano. Menos mal que dentro de poco sale el sol. Mientras tanto, es mejor que vaya a darme una ducha. Los vecinos tienen razón: la loca de los gatos será todo lo simpática que quieras, pero qué peste suelta.

# LA PRIMERA DE TRES MUJERES INALCANZABLES

Cuando se tienen mis años es inevitable hacer un balance de la vida, de lo que uno ha hecho, de lo que ha perdido, de los errores cometidos, de las oportunidades que se han esfumado. Pero como a mí esto de los balances no me gusta, intento siempre evitarlos. Total, si volviese a caer diez veces en este mundo, volvería a cometer los mismo errores, recorrería el mismo camino y tropezaría con las mismas piedras. La mayoría de nosotros somos como las hormigas, seguimos el camino ya marcado.

Así que, tranquilos, no os aburriré con un listado de mis arrepentimientos. Hablaré más bien de mujeres, que siempre son, en mi opinión, uno de los motivos por los que merece la pena seguir viviendo.

Mujeres he tenido muchas: guapas y feas, simpáticas y odiosas, buenas y canallas. Pero a ninguna quise tanto como a las tres que no pude tener. Ya se sabe, algo que se ha disfrutado, sea un coche, una casa, un trabajo o incluso una mujer, se apaga a la velocidad de una cerilla encendida. Sin embargo, nunca te cansas de algo que no has tenido. Por eso, ahora que soy un viejo decrépito que puede contar únicamente con el altruismo —por llamarlo así— de Rossana, las únicas mujeres que me vienen a visitar en el silencio de la noche, aparte de mi mujer, son ellas, las tres arpías que no quisieron acostarse conmigo.

Anna era una compañera de colegio de pelo rubio, ojos verdes y tetas grandes. Me enamoré de ella nada más verla. Incluso entonces tenía esta pasión un poco pasada de moda por las curvilíneas. El problema es que ella era mayor que yo, aunque solo fuese un año, y de jóvenes esos trescientos sesenta y cinco días de más suponen una gran diferencia. En el intervalo de tiempo en que la Tierra gira alrededor del Sol, una mujer ha entendido que tú, pequeño e insignificante ser un curso menor, vales lo mismo que el chicle pegado debajo de su pupitre.

En la vida llega un momento en el que uno entiende que las historias románticas de amores imposibles que nos contaban nuestros abuelos y nuestras tías no eran más que estupideces. El amor es mucho más directo contándote la verdad que un viejo pariente. Puedes tener una sonrisa preciosa, escribir poemas de amor, cantar serenatas bajo su balcón; que como tengas la cara llena de granos y te huela el aliento, ella va a salir con otro. Por eso tuve que esperar a su último año de colegio para intentar el asalto. Pensándolo detenidamente, fue justo así. El tiempo que pasé persiguiéndola a escondidas –o dedicándole breves, pero intensos, momentos de pasión en el baño–, me enseñó que si deseas algo, la espera se transforma en esperanza y el tiempo transcurrido merece la pena.

De Anna estaba enamorado como puede estarlo un pipiolo que aún no conoce nada de las trampas que tiende la vida. De hecho, esa es justo la edad apropiada para perder la cabeza por una chica. Si no aprendes a amar a los quince años, no aprenderás nunca.

Cuando me acerqué a ella aquel día hacía ya tres años que la deseaba. Sabía dónde vivía, cuáles eran sus amigos, hasta sus ex. Ella, sin embargo, no sabía nada de mí. E incluso así, después de unos días, nos besamos.

No creo equivocarme si digo que ese fatídico momento me convirtió en lo que he sido después. Un simple hecho cambió el resto de mi vida. Porque yo, cuando volví a casa, estaba convencido de tener novia. Se lo dije incluso a mi madre, que sonrió y volvió a sus fogones. En ese momento no di importancia a su encogimiento de hombros, aunque habría hecho bien en pedirle explicaciones sobre su escepticismo. Al día siguiente fui donde estaba Anna y la abracé, pero ella me miró alucinada, se desembarazó de mí y me preguntó que qué estaba haciendo. Un beso no era más que eso, un beso, y no teníamos que casarnos por ello. El problema estaba en que para mí era la primera vez. Las primeras veces tendrían que ser exclusivamente para los novatos, ya que el que tiene experiencia puede, incluso sin quererlo, destruir el momento mágico del otro. Anna arruinó mi primer beso. Así que pensé que para conquistarla tenía que hacer algo completamente diferente: compartir con ella una «primera vez». Es decir, tenía que llevármela a la cama.

Empleé once meses para llevar a cabo mi plan, meses en los que jugué el papel del amigo de confianza, el amigo que va con ella a cualquier parte, el amigo que le da consejos, el que está siempre cuando lo necesita como si fuese su perrito. En resumen, fui perfecto.

Lo único es que con un amigo no sales y, de hecho, ella salía con otros, no conmigo. Pero después murió su padre y esa fue para mí, tengo que reconocerlo, mi gran oportunidad. Anna me necesitaba más que nunca. Un día nos tiramos más tiempo que de costumbre hablando en mi cama de él. Si hubiera sido por mí, me habría tirado toda la tarde escuchando anécdotas que no me interesaban absolutamente nada sobre el hombre, pero en determinado momento ella me abrazó y se giró hacia mí. Seguía hablando, pero su boca estaba a pocos centímetros de la mía. Incluso queriéndolo, habría sido imposible seguir la conversación como si nada. Entonces nos volvimos a besar y a los pocos minutos estábamos medio desnudos bajo las sábanas.

Todavía recuerdo esa sensación, mi piel puede revivir aquel instante hasta el infinito. Es totalmente cierto que los recuerdos que guardamos con más celo no mueren nunca; un poco como sucede con la casa de mis abuelos, la cual puedo seguir visitando si cierro los ojos. Así, mi primer contacto con Anna ha activado algún capilar periférico de mi cuerpo y, aunque solo sea por un instante, me ha vuelto a poner la misma carne de gallina de hace sesenta años.

El hecho es que yo estaba ahí y en breves instantes le proporcionaría su «primera vez», pasaría a formar parte de sus secretos mejor guardados. Pero ya se sabe, el amor no te engaña, más bien prefiere darte un buen guantazo en la cara. Y cuando estábamos en el mejor momento, Anna me cogió la cara entre sus manos y me dijo: «Cesare, lo siento, te quiero mucho, ¡pero esto lo haré con el hombre de mi vida!».

Siento curiosidad por saber si mantuvo su promesa. Me gustaría encontrarme con ella y preguntarle: «Has visto, ¡tu noble promesa era una gilipollez! ¿No podrías haber hecho una excepción aquella tarde? ¿Quién te dice a ti que no habría podido ser yo el hombre de tu vida?».

En lugar de eso, no dije nada. Me volví a vestir, le di un cándido beso en la mejilla y la acompañé a casa.

No nos volvimos a ver. Al poco ella se echó novio y yo me fui a hacer el servicio militar. Después supe que se había trasladado al norte con su marido. Nunca me la volví a encontrar y, por lo que sé, podría incluso estar muerta.

Anna fue mi primera experiencia de «amor no correspondido», un invento bastante inútil si uno se para a pensarlo. Hay tantas personas solas en el mundo que podrían conocerse, amarse, ser felices, tener hijos, traicionarse y, finalmente, abandonarse... Y en lugar de eso, muchos se empeñan en perseguir a alguien que apenas es consciente de su existencia.

En cualquier caso, esta experiencia me dio una lección: las personas hoscas, ariscas y desconfiadas no son realmente malas; es solo que, a diferencia de los otros, no han sido capaces de soportar la verdad, es decir, que el mundo no es un lugar para los buenos.

Yo era bueno. Después llegó Anna y la patada que me metió en el culo.

Debería contar esta historia a mis hijos, explicar a Sveva que yo también fui mejor persona hasta que la vida me enseñó a mirar a mi alrededor con desconfianza, como una liebre que sale de su madriguera en busca de comida. Los animales llevan inscrito en su ADN la sensación de peligro, nacen preparados para defenderse de sus depredadores. Yo, sin embargo, empleé mis primeros veinte años en aprender a protegerme de mis semejantes.

La vida terrenal tendría que ser como un viaje a Oriente, una experiencia que nos abre la mente y nos hace especiales. Pero en lugar de eso, ocurre justo lo contrario: nos sacan del agujero negro cuando somos seres cándidos y nos meten en un ataúd después de haberla liado en repetidas ocasiones. Me da a mí que, en el periodo de tiempo que estamos aquí fuera, hay algo que no marcha como debería.

# EMMA

Como todos los ancianos, tengo mis pequeñas obsesiones. Nada especialmente descabellado, por Dios, solo algunas reglas que me gusta seguir para sentirme a gusto. Por ejemplo: cubro el borde de la tapa del váter con papel higiénico antes de sentarme. Esto no tendría nada de extraño si lo hiciera en un baño público, el problema es que lo hago también en mi casa. Me protejo de mis propios gérmenes.

A decir verdad, esta costumbre la arrastro desde que era joven, cuando trabajaba en Partenope Service, una gestoría en via dei Tribunali, en pleno centro histórico. No era más que un trabajucho, lo reconozco, pero en aquella época yo era un joven cargado de bonitas esperanzas que creía en el cuento que dice que la vida es una escalera que hay que subir peldaño a peldaño para finalmente llegar al edén. Es decir, que todo hay que ganárselo poco a poco, con grandes sacrificios. Sin embargo, los años me han enseñado que la subida no es tan sencilla, que la escalera puede estar podrida y los peldaños pueden hundirse con el peso.

Al final entendí que el rollo de la inmolación inicial en virtud de la cual después, un lejano día, quizá serás recompensado, es una estupidez inventada por los adultos para aprovecharse del entusiasmo de los más jóvenes. No hay nadie allí arriba para medir tu esfuerzo y recompensarte por las energías gastadas. En realidad, aquellos años en los cuales todo el mundo te anima a trabajar duro para construir tu futuro son los mejores, y no deberían ser desperdiciados pensando en los que vendrán después que, en cualquier caso, no valdrán ni la décima parte de estos anteriores.

La Partenope Service contaba con tres empleados, aparte del aquí presente: dos hombres de un poco menos de sesenta años y una secretaria de mi edad. No es difícil imaginar quiénes eran los culpables del tabloncillo del váter salpicado. Al principio me lo aguantaba, pero una tarde la secretaria me desveló su secreto y desde entonces ya no soy capaz de apoyar las nalgas sobre el frío plástico. Pasados unos pocos meses me despedí.

De aquella experiencia me llevé tres cosas: la obsesión por cubrir la tapa del váter, la idea cierta de que no tiraría los mejores años de mi vida en favor de los peores, y Luisa, la secretaria que me dio el fatídico consejo. De las tres, solo las dos primeras me han acompañado a lo largo de estos años. A Luisa, sin embargo, la perdí a la primera de cambio.

En cualquier caso, como decía, en mi día a día tengo pocas obsesiones de viejo chocho. Aparte de la de la tapa, tengo otra más: no aguanto los nudos. Dicho así, suena más descabellado de lo que realmente es. La verdad es que me fastidian los nudos, odio cuando tengo que deshacerlos. Y no me refiero a los nudos de la vida, sino a algo más material. El cable del teléfono, que se enrolla hasta convertirse en un ovillo y entonces resulta imposible levantar el auricular. También los nudos en las bolsas de plástico. O los cables que se enredan detrás de la televisión, que se van enmarañando según pasa el tiempo. O los cordones de los zapatos, cuando se niegan a desatarse. Es por este motivo por el que, con los años, me he ido organizando y ya solo compro mocasines y teléfonos inalámbricos. A la gente le digo que es por culpa de mis dedos, que ya no pueden hacer movimientos precisos y repetitivos. Pero la verdad es que me canso, no tengo paciencia ni tiempo para estar desenredando hilos que van a volver a enredarse.

Y por último está Nápoles, el nudo más resistente de todos. El problema es que he elegido la peor ciudad donde nacer. Aquí no puedes evitar relacionarte con el prójimo, porque el prójimo viene a buscarte a casa. Es por este motivo por el que he desarrollado técnicas de supervivencia afines a mi sociopatía: si veo un vecino que espera el ascensor, me paro a abrir el buzón y me entretengo hasta que el invasor de mi privacidad se decide a subir sin esperarme. También evito hacer colas. El napolitano no es capaz de estar quieto y callado mientras espera, tiene por fuerza que empezar a hablar con el vecino, conversar sobre lo humano y lo divino hasta que le llega su turno. Bien sea en la oficina de correos, en el banco, en el supermercado o en el cine, las colas de Nápoles son un medio perfecto para ponerse a charlar y obtener información gratuita de la vida de los demás. Incluso la peluquería de debajo de mi casa es un lugar de encuentro idóneo para aquellas personas deseosas de cotilleos. Por eso, cuando llega el momento de cortarme el pelo, llamo un taxi y le digo que me lleve a otro barrio.

Para la compra, sin embargo, es mucho más complicado. Al lado de mi portal hay una charcutería, una carnicería y una frutería; un pelotón de fusilamiento que te observa detenidamente, aunque solo sean tus movimientos, para sacar de ellos alguna novedad con la que alimentar sus aburridas vidas. Desde hace años no cruzo el umbral de sus tiendas. De hecho, evito incluso pasar por delante. Cruzo la calle, recorro unos metros la acera de enfrente y vuelvo por el otro lado. Me imagino que los tres se habrán dado cuenta, pero me da igual, lo importante es no picar su anzuelo. Los he apodado «el bueno», «el feo» y «el malo». «El feo» es el frutero, un viejo sucio y astroso, con tres únicos dientes y las uñas siempre negras, que solo habla en dialecto y no se entiende nada de lo que dice —algunas veces me he quedado con la boca abierta al escuchar una de sus teorías sobre los albaricoques y los melocotones—. «El bueno» es el charcutero, una persona simpática, siempre sonriente, que se mueve con soltura entre los lácteos, los embutidos y las conversaciones absurdas de sus numerosos clientes. «El malo», por último, es el carnicero, que realmente no es mal tipo, diría incluso que es simpático; el problema es su mujer, ella es la encargada de recolectar los cotilleos, la que hace la pregunta trampa mientras esperas a que te corten tus filetes de lomo, la reina del marujeo, la que corta el bacalao.

La cuestión es que tampoco en el supermercado el panorama es mucho mejor. Me las puedo apañar mientras se trate de dar vueltas por los pasillos, basta con ignorar al jubilado que intenta soltarte el rollo buscando como excusa la mala educación de un empleado o el topetazo que le ha metido una joven con el carrito de la compra. El dilema surge en la charcutería. Allí siempre hay una señora que, mientras la atienden, se pone a hablar con el dependiente de turno y, en la mayoría de los casos, también con el cliente que tiene al lado. Un grupo de tres que, según la lentitud del que despacha, puede ir creciendo hasta alcanzar un número indefinido. Por suerte, después de un minucioso estudio, he llegado a averiguar cuál es el empleado más rápido, así que si no está él ni me paro. Siempre voy a la caja rápida, un maná para los fóbicos como yo, y después salgo pitando. Ya cerca de casa cruzo y vuelvo a cruzar a los pocos metros. Luego meto la llave en la cerradura del portal y solo entonces puedo decir que estoy a salvo. Aun así, no me doy la vuelta, ya que sé que «el bueno», «el feo» y «el malo» tienen sus ojos clavados en mi espalda cargada de obsesiones.

Cuando cierro el portal me da la bienvenida un maullido. Acurrucado en las escaleras se encuentra Belcebú, que me lanza una mirada angelical mientras intenta adivinar qué hay dentro de la bolsa que llevo. Este gato es de una inteligencia superior, cada vez que voy al supermercado me espera en el vestíbulo para cortejarme con seductores maullidos y restregones según asoma la bolsa de la compra.

En el buzón hay un par de cartas, pero las dejo y cojo el ascensor. Hace treinta años que he dejado de creer que del buzón pueda salir algo bueno. Ya se sabe, las buenas noticias no vienen a buscarte a casa. No logro entender cómo todavía mis colegas ancianos puedan seguir esperando tan ciegamente un golpe de suerte. Se gastan la pensión en el Gratta e Vince y la Lotto[2], con la esperanza de cambiar de vida. No terminan de entender que si la diosa Fortuna no los besó cuando eran atractivos y estaban en plena forma, no lo va a hacer ahora que les salen pelos de la nariz, están desdentados y tienen cataratas. Y además, a estas edades, ¿qué haces si te toca un premio millonario? Lo único que puedes conseguir es que tus hijos se saquen los ojos por la herencia.

Abro la puerta del ascensor.

—Arriba, bonito —digo, dirigiéndome al animal, el cual me mira un instante y se cuela rápidamente entre mis piernas.

Aprieto el botón y miro con admiración al minino, un alma rebelde que no se contenta con llevar una vida modesta en casa de la señora Vitagliano, sino que desea explorar, picotear de aquí y de allá, y sacar provecho del que se deje. Es un gato malo, Belcebú, y a mí los malos me gustan. Además, en este edificio ha encontrado su harén, un montón de casas en las que poder colarse, algunas llenas de comida, otras solo de recuerdos. Y sí, como no todas las casas son iguales, algunas se abren y se cierran con frecuencia, otras permanecen siempre cerradas. Algunas huelen a colada y salsa de tomate, otras a cartón y humedad. Y sin embargo estas últimas son, por lo general, de las que más te puedes fiar, ya que se mantienen en pie a la espera de que venga alguien para ocuparse de ellas.

Cuando llego a mi planta apoyo las bolsas en el suelo y busco las llaves en el abrigo. En ese momento se abre la puerta de los ve-

---

2 Gratta e Vince y Lotto: juegos de azar, similares a los Rascas de la ONCE y a la BonoLoto.

cinos y aparece Emma, la mujer por la que me peleé inútilmente. Nos miramos un momento y después meto las llaves en la cerradura, una operación nada fácil si te tiemblan las manos como un trampolín después de un salto.

—Démelas a mí.

Dejo que lo haga ella, aunque mi autoestima se vea mermada considerablemente. Con esta mujer no quiero volver a tener nada que ver, cuanto antes me libre de ella, mejor. Termina la operación y me sonríe. Creo que quiere que la perdone.

—Gracias —digo, recuperando las llaves.

Belcebú se mete corriendo en casa, yo espero a que la vecina decida dar el siguiente paso. Se me queda mirando fijamente, lo que me permite observar que tiene un pómulo inflamado. Hay algo en ella que me atrae, aparte de su belleza. A lo mejor es porque me recuerda un poco a Sveva cuando era adolescente, aunque ya no lo sea.

No sé qué hacer, Emma no se mueve. Quizá quiera entrar o hablar, aunque no hace ni una cosa ni la otra, se queda ahí parada mirándome. Entonces decido hacerme cargo yo de la situación. Seré un pobre viejo que no consigue meter las llaves en la cerradura de la puerta, pero hacer el idiota con una mujer todavía no va conmigo.

—¿Quiere entrar? —le pregunto. Ella asiente—. Por favor —respondo, acompañando mis palabras con un movimiento de brazo.

Emma se adentra poco a poco en mi mundo, un poco como hizo Belcebú la primera vez. Quiere entender si está en terreno amigo o si se esconde algún peligro tras la esquina de la cocina.

—¿Le apetece tomar algo?

Vuelve a asentir. Parece que se haya quedado sin lengua. Me quito el abrigo y me dirijo hacia la cocina. La chica me sigue y se sienta a la mesa, que está llena de calcetines y calzoncillos amontonados. Si vives solo desde hace mucho tiempo, empiezas a pensar que tu intimidad es inviolable. Me disculpo y cojo la montaña de ropa interior para echarla sobre la cama, pero un calcetín rebelde consigue escapar del grupo y se lanza al suelo, así que cuando vuelvo sigue ahí, a los pies de mi inesperada invitada.

—Querría disculparme por mi comportamiento de la otra noche —comienza.

—No se preocupe —le contesto—, ya es agua pasada.

En realidad no he olvidado la ofensa, pero uno de los mayores defectos de los viejos es el rencor, y yo no quiero parecerme a un viejo.

Abro el frigorífico. No tengo nada para ofrecerle, aparte de la famosa botella de vino tinto que me acompaña por las noches. La cojo por el cuello y la apoyo en la mesa junto con dos vasos. Después me siento delante de Emma. No entiendo qué puede querer de mí esta maravillosa mujer, y no estoy acostumbrado a tener invitados. A excepción de Belcebú, claro está.

—Mi marido me matará tarde o temprano —dice mirándome tan fijamente a los ojos, que me resulta difícil mantenerle la mirada. Su voz afónica y sin vida contrasta con su aspecto juvenil.

Lleno los vasos sin pedirle permiso y ella no me lo impide. Belcebú aparece por la cocina con su estómago haciéndose notar.

—¿Se lo ha dicho a alguien? ¿A sus padres, a una amiga?

—No, no tengo a nadie en la ciudad. Y además, no lo haría, a la gente le gusta juzgar.

Doy un trago al líquido rojo y la miro detenidamente. Si tuviese la mitad de años que tengo, arreglaría la situación a mi manera. Pero me toca quedarme quieto y tragarme mi rabia.

No sé por qué piensa que yo, al contrario que los demás, no la voy a juzgar. A lo mejor se la trae al fresco mi opinión, que no es más que la de un vecino viejo que, a lo sumo, podrá compartir la noticia con el gato de la comunidad.

—¿Desde cuándo viene ocurriendo esta historia?

Emma agacha la cabeza y se pone a jugar con el vaso.

—Desde hace tres años. —Me quedo estupefacto—. La primera vez fue porque se me cayó un cuadro. Me golpeó con un cu-

79

charón en el cuello. Todavía retumba en mis oídos el ruido seco del golpe. Durante un mes salí de casa con bufanda.

Apoyo el vaso en el fregadero y cojo el paquete de tabaco del mueble, que es lo primero que hago siempre que me entra ansiedad.

—No, por favor... —me dice. Me paro de golpe y le dedico una mirada entre curiosa y contrariada—, estoy embarazada.

Cierro los ojos y me dejo caer en la silla. ¿Por qué no me ocuparé de mis asuntos? Esto le viene grande incluso a un viejales como yo.

—¿De cuánto?

—De dos meses.

—¿Él lo sabe?

—No.

—¿Quiere abortar?

—No.

Me quedo en silencio. A lo mejor ha venido a pedirme ayuda económica o simplemente un poco de comprensión y cariño. Quizá necesita un padre. Pues lo siento, querida, pero ya me cuesta serlo de mis hijos.

—Debería decírselo.

—Querría marcharme, pero no sé cómo hacerlo. Él me encontraría.

—¿Por qué me lo cuenta a mí?

—Porque usted ha querido verlo. La mayoría de la gente, aunque tenga una mínima sospecha, me dedica una mirada compasiva y después gira la cabeza hacia otra parte. La gente todavía piensa que son asuntos privados que deben resolverse en familia.

—¿Ha probado a ir a alguna asociación?

—No, me da vergüenza.

Conmigo, sin embargo, no siente vergüenza. Y eso que no soy una persona con la que la gente se abra fácilmente. Sveva, por ejemplo, no lo ha hecho nunca, y Dante me esconde sus gustos sexuales. Se ha abierto más conmigo esta desconocida en diez minutos, que mis hijos en toda una vida.

—¿Dónde está él ahora?

—No está en la ciudad, vuelve mañana.

Nos quedamos otra vez en silencio y el tictac del reloj de la pared se adueña de la habitación por algunos segundos, antes de que un maullido del pobre Belcebú me recuerde que lleva un buen rato esperando que le dé algo para comer. Entonces decido ofrecer a mi vecina lo único que tengo: un poco de sentido del humor.

—Escuche, el gato quiere comer y yo también empiezo a tener un poco de gusa. ¿Por qué no se queda con nosotros? Le ofrezco unos espaguetis con tomate fresco.

No lo duda un instante.

—Encantada —dice con una sonrisa.

Me levanto, cojo una olla, la lleno de agua y la pongo al fuego. Después saco los tomates de la bolsa de la compra, que todavía está sobre la mesa, y me pongo a cortarlos. Ella se levanta y se acerca.

—Déjeme que lo haga yo. Usted mientras tanto ponga la mesa.

La miro confundido antes de pasarle el cuchillo. Hace cinco años que ninguna mujer usa mi cocina, cinco años que ceno sin poner la mesa. Mientras busco en los cajones un mantel viejo, Emma sigue hablando, como si ya no pudiese parar. Si decides liberarte de una carga, tienes que hacerlo del todo. Un poco como cuando vas a hacer pis, no puedes parar a la mitad y volver a tus cosas.

—Infravaloré lo que estaba pasando, no hice caso a las señales de alarma. Al principio no me pegaba, pero saltaba por nada. Me dije que estaba muy estresado, que se le pasaría, que en realidad no había pasado nada. Así que decidí quedarme quieta, convencerme de que con mi ayuda se calmaría. —No encuentro el mantel, aunque estoy seguro de que había uno. Nunca había sentido tanto la ausencia de Caterina—. Una tarde conseguí escapar y me refugié en un bar, pero cuando el local cerró, él vino y me llevó a casa. Allí se lio a darme patadas y me rompió una costilla. Después vinieron nuevos golpes y peleas. Al final casi me convencí de que la culpa era mía, que era yo quien le hacía la vida imposible.

Me cuesta respirar, y no porque esté agachado buscando el fantasmagórico mantel, sino porque no soporto escuchar tan horrible historia. Es como si alguien se me hubiese subido a la espalda y quisiera que le llevara a cuestas. Esto no lo he hecho ni con Sveva. Una vez intenté hacerlo con Federico, pero según me lo pusieron en la espalda, oí un crac y tuve que desistir. Desde entonces me dije que era mejor no jugar con mi nieto. Lo siento, pero el juego me recuerda que soy viejo y, como ya he dicho, no me gusta que me tomen el pelo sobre ese tema.

—Debería denunciarlo —es lo único que consigo decir.

—No, me mataría antes de que empezase el juicio. Y si me fuera, vendría a buscarme.

Me rindo, no encuentro un solo mantel. Se los habré regalado a Sveva como recuerdo de su madre.

—Entonces, ¿qué piensa hacer?

Se gira y me mira mientras remueve la salsa de tomate.

—No lo sé. Solo querría un poco de paz.

La paz está muy infravalorada. Se piensa que es un estado natural del cual uno, de vez en cuando, se aleja. Sin embargo, es al contrario, la paz viene solo a visitarnos en algunos momentos de nuestra vida, y a veces ni siquiera nos damos cuenta.

—Mire..., no tengo mantel —termino por admitir.

Ella me mira y sonríe, aunque al momento se lleva la mano al pómulo dolorido y se pone seria.

—No pasa nada, comeremos sin él.

Su sonrisa desvaída me vuelve loco de rabia, tanto que por un momento pienso en abrir la puerta, ir a buscar a mi vecino y darle una paliza, termine como termine. Luego recuerdo que no está.

—¿La ha visto un médico?

—No, pero creo que tengo el pómulo roto. De vez en cuando me pongo hielo.

Me acerco y, sin decir nada, apoyo el dedo en el hueso lesionado. La piel está morada y se nota líquido en el interior. Emma no se aparta.

—Si no lo denuncia usted, lo denuncio yo.

—No, se lo ruego, le tengo miedo. Además, no tengo ni casa ni trabajo. Él no quiere.

Suspiro. Otra mujer con problemas que viene a buscarme y no acepta mis soluciones. Lo único es que esta vez no puedo mirar hacia otra parte y hacer como si no pasase nada.

—Ya está listo.

Le paso los platos, que llena con movimientos rápidos y seguros, y nos sentamos a la mesa. Los espaguetis están buenísimos, mucho mejor de lo que imaginaba.

—No sé por qué, pero a mí nunca me salen así.

Sonríe, esta vez sin importarle el dolor. Eso es, Emma, no dejes de sonreír, aunque duela.

El gato empieza a quejarse. Me he olvidado de él. Me levanto y cojo del frigorífico un Tranchete y un poco de jamón. Belcebú es monotemático, si por él fuera, se alimentaría solo de eso. Me encantaría saber cómo andan sus triglicéridos, aunque seguro que no peor que los míos. Dejé de hacerme análisis cuando comprendí que controlando los valores de mi sangre me hacía ilusiones de poder controlar mi vida. Habría perdido el tiempo si no hubiese entendido que a mi edad nada puede controlarse, y que lo único que uno puede hacer es vivir.

—¿Es su gato?

—Pero qué dice, es de la señora Vitagliano, nuestra vecina. De vez en cuando el pobre consigue escapar de sus garras.

Emma vuelve a sonreír. Después, durante unos minutos, el único ruido que se oye en la escena es el de los tenedores.

—¿Vive solo?

Toda la vida me han tratado de usted, pero ya me he cansado.

—Tuteémonos. —Ella asiente mientras mastica—. Sí, vivo solo. Mi mujer murió hace cinco años.

—Lo siento —responde, centrándose en el plato.

Con la cabeza agachada y el pelo largo y castaño que le cae

sobre las rodillas, se parece más que nunca a Sveva. Increíble, pero me doy cuenta de que mi hija nunca ha venido a comer conmigo. Aquí le cuesta venir, demasiados recuerdos de la madre. Se ve que el hecho de que yo siga vivo es solo un detalle sin importancia.

—Tengo una hija mayor que tú a la que te pareces mucho.

—¿Está casada?

—Sí —respondo, y por un momento me entra la tentación de hablarle de lo sumamente triste que es su vida.

—Y después está Dante, al que conociste.

—¿Él también está casado?

—No, es gay —contesto, llevándome el vaso a la boca.

Una precisión innecesaria, pero no puedo evitarlo, cada vez que hablo de él se me escapa este tipo de comentarios.

—Entiendo —se limita a contestar.

—¿Por qué no te vas a casa de tus padres? —pregunto cuando he terminado de comer.

—Me escapé de casa hace catorce años. Mi padre bebía y luego la emprendía con mi madre y conmigo. Por eso me fui en cuanto pude. Imagínate, me había prometido a mí misma que nunca estaría con un hombre... —Algunas vidas siguen un único camino, sin que haya nada que pueda cambiarlas de dirección. Incluso la vida, a veces, puede ser banal—. Pero ya no me apetece hablar más. — Asiento. Me gusta esta chica. Al igual que Rossana, no se anda con rodeos—. ¿Qué te parece si vemos un poco la televisión?

—¿La televisión?

—Tienes tele, ¿no?

—Claro —contesto, levantándome.

Se comporta como si fuese mi nieta y mi casa fuera su refugio. Las casas de los abuelos dan muchas veces cobijo a nietos que huyen.

Veo poco la tele, solo documentales. Algunas veces, incluso, tengo que esforzarme para verla, en parte porque no quiero acabar como Marino, y en parte porque ya he visto demasiada.

Nos sentamos en el sofá uno al lado del otro y sonrío. La vida es realmente extraña, de pronto te encuentras compartiendo mesa y salón con alguien que ayer ni te saludaba. Creo que es una de las características de las personas solitarias, el encontrarse entre sí. Al rato Belcebú se lanza sobre el sofá y se acurruca entre nosotros.

—Si no está, soy feliz —dice, cambiando de canal—, aunque la casa esté demasiado silenciosa —añade poco después.

Ya, la casa está demasiado silenciosa. Uno se acostumbra al silencio, querida Emma, y al final se termina conversando con él.

—Cuando me necesites, aquí estoy.

—Muchísimas gracias —responde sin ni siquiera girarse.

Pasado un rato vuelvo a la carga.

—Una mujer a la que amé se llamaba como tú, Emma.

—¿Tu mujer? —responde, agarrándose las rodillas y juntándolas al cuerpo.

—No. —«Y entonces, ¿quién?», parece preguntarme con la mirada—. Es una larga historia —añado, mirando la televisión.

Me quedo viendo la pantalla en silencio hasta que me doy cuenta de que se me están cerrando los ojos. No estaría mal irse a la cama, al fin y al cabo no soy más que un viejo. Me doy la vuelta y veo que Emma duerme hecha un ovillo. Así parece todavía más indefensa. Quién sabe por qué algunas personas no tienen ángeles protectores. Yo soy lo menos parecido a un ángel, pero aun así no puedo evitar levantarme y coger una manta. Tapo a Emma con ella, apago la televisión y las luces, y me voy a la cama. En el silencio de la casa solo se oyen los ronroneos de Belcebú, que ronca acurrucado a los pies de esta criatura indefensa que ha decidido venir a sacarme de mi abotargamiento.

Me gustaría socorrerte, ayudarte y salvarte, Emma, pero no estoy seguro de ser capaz. No me ha bastado una vida para aprender a dar la mano sin que me tiemble.

# SUPERMÁN CON FALDA

En mis tiempos, a los invitados de una fiesta se los trataba con respeto, se cuidaba el servicio. Ahora, en lugar de eso, hay bufés, una manera como otra cualquiera de complicar la vida a las pobres personas que ya se han visto en la obligación de vestirse bien, coger un taxi y presentarse en la fiesta con la típica cara de circunstancias.

En lo que a mí respecta, las cosas no han sido exactamente así. No me he puesto ningún traje especial, sino el que suelo llevar siempre. Al llegar a la tercera edad he dejado de complicarme la vida. Total, nadie se atrevería a decir a un viejo que no va vestido correctamente. La gente a mi alrededor, sin embargo, va vestida bastante elegante y camina por la sala fingiendo que le interesan los cuadros de Perotti, aunque en realidad esté mucho más interesada en las bandejas de comida. El problema es que acercarse a la mesa resulta imposible, ya que algunos invitados han conseguido plantarse en primera fila y no se mueven. Por suerte, yo soy viejo y a los viejos siempre hay algún familiar que les acerca el plato ya servido.

—Toma —me dice Sveva, acercándome la comida.

Para esto sirve la parte femenina de la familia. Dante, al contrario, no piensa en la comida, sino que va de un cuadro a otro, sonríe, da explicaciones, da apretones de mano e hinca la rodilla ante alguien.

—¿Por qué tu hermano es tan reverencial con esa gente? —pregunto polémico.

—¿Reverencial? No me lo parece, creo que es amable.

—La diferencia es muy sutil.

—Ya, y tú no sabes cuál es.

Mi hija no me soporta. Debería reconocerlo y hacer algo. Pero solamente de pensar en enfrentarme al problema, me aburro.

—¿Y tu marido? —pregunto para cambiar de tema.

—Trabaja hasta tarde.

Como pasa siempre, cuando un matrimonio hace aguas se comienza a trabajar hasta tarde, se tiene una reunión tras otra y surgen viajes imprevistos. Nos quedamos en silencio uno al lado del otro. Ella mira a la gente y yo la miro a ella. A saber por qué Sveva me odia. Y eso que me esforcé cuando era pequeña. A lo mejor si la hubiera dejado al cuidado de la madre, ahora sería diferente. Si intentas educar a un hijo, solo puedes equivocarte. Si lo dejas a su aire, a lo mejor te encuentras con un adulto que no te culpe de sus debilidades.

—¿Qué pasa? ¿Algún problema entre vosotros?

Se vuelve hacia mí con los ojos como platos por la sorpresa. En efecto, creo que nunca antes le he hecho una pregunta de este tipo. Para eso estaba Caterina.

—¿Por qué? ¿Qué te lo hace pensar?

—Bueno, nunca le veo y si te pregunto por él, respondes irritada.

—Pero tú, ¿cuándo me preguntas algo? ¿Cuándo en tu vida me has preguntado algo? ¿A qué viene esta novedad?

—¿Lo ves? Te pones agresiva. Las mujeres se ponen así cuando se sienten acorraladas —respondo con resolución, al tiempo que agarro al vuelo una copa de *prosecco* que me ofrece un amable camarero.

—Esto sí que es bueno, ¡tú hablando de mujeres! —responde, quitándome la copa de las manos—. ¿Piensas dejar de beber o es que quieres matarte?

Resoplo.

—Sveva, eres un rollo.

Ella sonríe y me coge la mano. Me gustaría retirarla para no parecer el viejo estúpido que necesita el consuelo de la hija, pero la tiene agarrada demasiado fuerte.

—En cualquier caso, a mí me va todo bien. Y tú, más bien, ¿cómo te las apañas?

—Estupendamente, como siempre.

—Ya —responde ella con amargura—, como siempre.

—¿Cómo?

—Se te da fenomenal estar solo, es estar en compañía lo que se te da mal.

Mi hija me conoce bien, lo que es una gran ventaja porque no tengo que dar explicaciones. Me gustan las mujeres que no me hacen preguntas.

—La gente no me llama la atención, lo admito.

Volvemos la vista hacia las personas que saltan de un cuadro a otro masticando canapés, hasta que en un momento determinado Sveva se levanta y exclama:

—¿Por qué no vas un poco con Dante? Llevas aquí sentado desde que has llegado.

—Es que estoy cómodo, y si me levanto me quitan el sitio.

—Haz lo que quieras, pero creo que le haría ilusión algún comentario tuyo, aunque solo sea una sonrisa.

Después desaparece entre la multitud. Ya no tengo edad para hacer de padre, demasiada responsabilidad. He tenido mala suerte, porque si ahora estuviese aquí Caterina, iría a darle la enhorabuena a Dante y escucharía la biografía artística de Perotti; mientras yo me quedaría plácidamente en mi sitio, bebiendo *prosecco* y mirando a la gente. Si estuviera mi mujer, habría sido ella la que habría ido a buscar el otro día a Federico al colegio, y yo no habría visto la mano del conductor del todoterreno apoyada sobre el muslo de mi hija. Pero mi mujer se murió y se lavó las manos. Menos mal que el egoísta soy yo.

Me levanto, cojo otra copa de vino y me acerco a un cuadro. En él se ve una especie de foto retocada a ordenador con una bandera americana al fondo y, en primer plano, un Supermán con la «S» estampada en el pecho y... ¡una minifalda toda ceñida!

—¿Qué le parece, le gusta?

Me giro. A mi lado hay un hombre de unos cuarenta años con una chaqueta de terciopelo beis y una copa de vino tinto en la mano. En la cabeza lleva una chistera.

—Pues..., digamos que es divertido.

Él sonríe.

—Sí, yo también lo creo.

Me giro de nuevo hacia el cuadro con la esperanza de librarme de él, pero después de un rato vuelve al ataque.

—Usted es el padre de Dante, ¿verdad?

Jopé, no hay nada peor que una persona sociable. ¿Qué tiene de divertido conocer a alguien nuevo? Si somos todos más o menos iguales, una pila de defectos que pasea por la calle y se encuentra con otra pila similar.

—Sí.

—Dante habla a menudo de usted.

—¿Ah, sí?

—Sí.

Se siente satisfecho por haber captado mi atención. El pobre no se imagina que mi atención la ha captado una mujer que se encuentra detrás de él, una con el pecho enorme, como el de Rossana. Si fuera más joven, intentaría buscar el motivo a esta obsesión, quizá leería a Freud. Pero soy viejo, puedo pasar de todo y mirar tetas sin preocuparme de nada. Sea como sea, tengo que quitarme de encima a este artista. Doy un último sorbo a mi copa y se la ofrezco a mi interlocutor, que me mira con curiosidad.

—¿Me la sujetas? Tengo que ir al baño.

Sonríe avergonzado y agarra la copa.

Entro en el baño, me sueno la nariz, me miro en el espejo, me tiro un pedo, tiro de la cadena y abro la puerta. Fuera se encuentra la mujer escultural del pecho grande, que me mira con aire serio. A lo mejor ha oído el ruido. Me pide permiso, quiere entrar, pero intento impedírselo hasta que los efluvios pestilentes de mi colon no hayan desaparecido. La mujerona me mira impaciente mientras yo sonrío como un idiota.

—Qué, ¿me deja pasar?

—Claro, claro —respondo alejándome.

Aunque haya quedado fatal, he conseguido mi objetivo: el hombre con la chistera ha desaparecido entre la multitud. Aprovecho y me acerco a Dante, que está hablando con un grupito de cuatro personas que le escuchan con atención. De tanto en tanto se gira hacia el cuadro que tiene detrás y señala algún detalle. Es gay, no hay nada que hacer. No entiendo por qué si te gustan los pitos tienes que moverte como si fueras imbécil. Las mujeres no se comportan así. Imposible que sus oyentes no se hayan dado cuenta. A lo mejor no le prestan atención. A mí, al contrario, me parece que cada día va a peor.

Como decía, el papel de padre ya no es lo mío. Con los años me he vuelto demasiado sincero conmigo mismo y con los demás. Si mi hijo se comporta como una locaza, yo lo digo, aunque piense que hace bien en comportarse como le dé la gana. Lo único es que me gustaría que tuviera el valor de decírmelo. ¿Qué espera que le vaya a decir? ¿Qué me va a importar a mí si se va a la cama con una tía buenorra o con un hombre calvo y peludo? Ay, madre, la verdad es que un poco de escalofríos sí me entran si pienso en la escena...

Dante se da cuenta de que estoy ahí y me hace un gesto para que me acerque y pueda presentarme a sus invitados. Doy la mano sin escuchar unos nombres que, total, olvidaré un segundo después.

Una vez solos, me salta con la típica pregunta:

—Qué, ¿te gusta?

Miro a mi alrededor y respondo:

—Sí, es bonito.

—Pensaba que los cuadros podrían ser un poco «surrealistas» para tu gusto.

—Eso quiere decir que me conoces poco. Todo lo surrealista me gusta. Es la realidad lo que me aburre. —A Dante parece gustarle mi respuesta—. Pero yo más bien te quería preguntar, ¿quién es la señora de azul?

—¿Cuál?

—La del pecho enorme —digo, señalando el lugar exacto.

Él agarra mi dedo con un reflejo felino.

—Pero ¿qué haces? ¿Te has vuelto loco? Es la mujer de uno de mis mejores coleccionistas.

Intento no pararme a reflexionar sobre el tono afeminado que ha adquirido su voz, y contesto:

—Bueno, simplemente digo que la mejor obra de tu galería es de carne y hueso.

Dante suelta una risita nerviosa, pero me doy cuenta de que no le agrada mi comportamiento. ¡Menuda bronca me habría caído si en su lugar estuviera Sveva!

—Tranquilo —digo rápidamente—, bromeaba.

Lo cual no es cierto, pero tampoco quiero incomodarlo. Es más, me gustaría que fuera él el que, por una vez en su vida, me incomodara a mí. Pero sé que eso es un poco complicado.

—Ven —dice cogiéndome por el brazo—, quiero presentarte al artista y gran amigo mío.

Me lleva al otro lado de la sala y me planta delante del señor con la chaqueta beis y la chistera. Lo miro y después miro a mi hijo. Finalmente pregunto:

—¿Él es el artista?

Dante asiente orgulloso y me presenta a Leo Perotti, el tipo sociable del cual escapé con una excusa estúpida. Su rostro conserva todavía la misma mirada tranquila y segura. Si bastara saber pintar para estar satisfecho con la vida que llevamos, me apuntaría a un curso de pintura. Pero ¡ay!, me da miedo que para algunos lo bueno que han encontrado de adultos no sirva para compensar la podredumbre de su infancia.

Perotti me da la mano y comenta:

—¡Menos mal que no dijo que el cuadro le parecía horrible!

—Sí, y tranquilo, que si ese hubiera sido el caso, lo habría dicho.

—Eso puedes tenerlo por seguro. Mi padre no tiene pelos en la lengua.

—Eso está bien —responde Perotti—, ¡la sinceridad nos ayuda a vivir mejor!

Me encantaría poder escapar de esta conversación que no lleva a ningún lado, pero Dante me sigue sujetando demasiado fuerte el brazo para lo que dicta la situación, como si estuviéramos en el metro y no pudiéramos agarrarnos a ninguna barra. Está nervioso. Lo sé porque aprieta los ojos todo el rato, un tic que arrastra desde que era niño. Algo muy cómodo para los padres, porque le pillabas la más nimia de las mentiras. Recuerdo que Caterina quería llevarlo a un especialista, en la época se los llamaba así, el término psicólogo todavía no existía o se consideraba demasiado fuerte. Si llevabas a tu hijo a un psicólogo, quería decir que estaba loco, que había poco que hacer. Otra cosa diferente era si le llevabas a un especialista. Dante no fue a ninguno de los dos, y este es el resultado.

No sé cómo continuar la conversación en la que, muy a mi pesar, me han metido de lleno. Desgraciadamente, tengo que aceptar que con Dante no puedo ser yo mismo, que nunca sé qué decir o hacer.

Se acerca Sveva y me agarra el brazo que me queda libre. No sé si mis hijos se piensan que estoy tan viejo como para no poder estar de pie o si, al contrario, son ellos los que todavía necesitan mi apoyo.

—Papá, yo me voy. ¿Quieres que te lleve?

¡Qué grande, Sveva, llegas en el momento justo!

Me despido de Dante y de su amabilísimo amigo, y me meto en el coche.

—Gracias por salvarme —digo mientras arranca.

—Eres un borde. Dante estaba majísimo, la exposición era buena y el artista estupendo. ¡Simplemente deberías estar orgulloso de tu hijo!

—¿Y quién te ha dicho a ti que no estoy orgulloso de él?

—Entonces es que no lo demuestras.

—Es verdad, no lo demuestro, no soy capaz.

—Eso es lo que te gusta pensar, así es más cómodo.

Apoyo la cabeza en el respaldo y entorno los ojos. Se me pone dolor de cabeza de solo pensar en una nueva discusión con mi hija. Por suerte, ella mira la carretera y no abre la boca, aunque el rencor que la corroe se nota en los movimientos bruscos con los que gira el volante o cambia de marcha. Yo tengo muchos defectos, pero creo ser un hombre pacífico, difícilmente me cabreo o tengo prontos. Sveva, al contrario, parece cabreada con el mundo. Creo que es por lo que decía de la sinceridad el artista simpático y gay. Sí, él también lo es, como buena parte de las personas que había en la exposición. Pero volviendo al tema, Sveva es poco sincera consigo misma, por eso acumula represión y rabia. Y no hay nada que hacer, la rabia para el organismo es como las heces, un residuo que no sirve y tiene que ser expulsado. Yo, para mi hija, soy un perfecto laxante.

—Oye, ¿por qué no cambias de trabajo? —pregunto después de un rato.

Ella se gira aún más tensa.

—¿Y por qué debería cambiar de trabajo?

—Para ser más feliz.

Me esperaba un arrebato de ira, pero en lugar de eso sonríe. Al menos, sabe sorprender a un viejo que ya no se sorprende por nada.

—Papá, para ti siempre es todo muy fácil. ¿No eres feliz? Cambia de trabajo, de marido, de hijos. Las cosas no son tan sencillas como las pintas.

—Porque eres joven. Cuando te haces viejo y entiendes que te queda poco tiempo, ¡ya ves si se vuelve fácil lo de cambiar!

Ella no responde, y yo me giro para mirar la carretera y pensar en Dante, en lo mal que me siento después de haberlo visto. Dante, para mí, es como el espejo de la habitación de Rossana: refleja sin piedad mis imperfecciones.

—Y tu hermano, según tú, ¿es feliz?

—¿A qué vienen todas estas preguntas sobre la felicidad?

—Me gustaría veros contentos.

—No, no es cierto. Lo que pasa es que te sientes culpable. —Es verdad, tiene razón. Sveva es un hueso duro de roer, no me tiene miedo, como le ocurre a su hermano. Y, aparte, es abogada, desenmascarar mentirosos es parte de su trabajo—. En cualquier caso, no te preocupes. Hemos salido adelante a pesar de tu ausencia —continúa, dándome un golpecito en la pierna.

—Tú siempre tan amable.

—Si no quieres que se te responda, no preguntes. Siempre has estado callado y feliz, sigue así. —Ya hemos llegado, tengo que bajar—. Sea como sea, creo que está tranquilo —dice finalmente.

—¿Por qué no me dice que es gay?

—¿Todavía con esa historia? ¡No me metas a mí donde no me llaman!

Luego me planta un beso en la mejilla. Es su manera de decirme que ahora sí que le he tocado las narices y que tengo que bajar del coche. Ya he cerrado la puerta, cuando llamo a la ventanilla con los nudillos. Espero a que baje el cristal para asomarme.

—Dime la verdad, el artista risueño que pinta a Supermán en minifalda, ¿es su novio?

—Adiós, papá —me contesta, levantando la ventanilla.

Después se va.

Sí, es su novio. Abro la puerta del portal y llamo al ascensor. Por lo menos Leo Perotti es amable y sonriente. A Caterina le habrían bastado estas dos cualidades para que le gustara. Yo, sin embargo, me imaginaba a mi nuera muy diferente. Pero no me quejo, al menos no es calvo y peludo.

# FRACASÉ

Hay vidas lineales y otras más tortuosas. La mía, sin duda, pertenece a la segunda categoría. Pocas veces he sabido realmente lo que quería o cómo conseguirlo, pero en el resto de los casos he sabido salir a flote.

La cuestión es que desde joven ya sabía que para conseguir un sueño tenía que estar dispuesto a sacrificar algo, aunque fuera el tiempo libre, y yo nunca he querido privarme de nada, menos aún de mis ratos de ocio. Muchos de mis amigos del colegio terminaron dedicándose a aquello en lo que creían o, mejor dicho, a aquello que querían sus parientes. Mis padres, sin embargo, no tenían grandes sueños conmigo, más que nada porque a ellos mismos no les habían quedado muchos. Yo soy el último de tres hermanos, todos chicos, todos emigrados salvo yo, obviamente. Así que si ahora me lamento de no haber tenido una vida profesional propiamente dicha, por lo menos no tengo que echarle la culpa a alguien que ya no está. Aunque esto sería más cómodo. El fracaso laboral se lo puedo achacar solo y exclusivamente a mi falta de empeño. Mi padre había trabajado de obrero toda su vida, así que el día que me diplomé él estaba feliz. Se presentó con una chaqueta negra una talla más grande que le caía por los hombros como si fuera el chal de una abuela. Después del diploma nunca más me pidió nada, satisfecho con lo poco que le había regalado. Me conformé con el título de contable y me lancé en busca de un trabajo, lo que a mediados de los años cincuenta no era tan complicado. Un tío de mi madre tenía una gestoría en Mergellina. Allí hice experiencia y comprendí que lo de contable no era para mí, así que me despedí de mi tío y me fui.

Incluso en ese caso, mis padres no dijeron nada. Como tampoco dijeron nada cuando empecé a trabajar en una zapatería donde mi función inicial era llevar los zapatos desde el almacén a la tienda, y viceversa. Después, cuando el dueño se enteró no sé muy bien cómo de que tenía un título de estudios, me encargó que me ocupara de llevar al día las cuentas. Aguanté diez meses, hasta que una tarde, era Navidad, sentí de pronto que me faltaba el aire en los pulmones y me puse rojo como un tomate. A mi lado estaba la hija del dueño, que desde hacía poco había venido a ayudar a su padre y ya había caído presa en mis trampas de seducción. No sé si el ataque de pánico —que entonces, obviamente, se definía como un simple malestar— fue una reacción a volver a los números y las cuentas, o a la presión de la joven que parecía querer enjaularme en una vida predefinida. Me levanté y, sin decir palabra, hui.

Durante un tiempo hice también de detective privado. Era divertido, la mayoría de las veces tenía que seguir a esposas infieles. Pero tampoco este empleo me duró mucho, ya que a fuerza de espiar mujeres terminé por enamorarme de una de ellas. Nuestra pasión fue breve, pero intensa, lo mismo que la bronca que me soltó mi jefe cuando me pilló. En la cumbre de nuestra relación amorosa había confesado a mi amante mi verdadera identidad.

En resumen, durante años salté de un trabajo a otro para no echar raíces y no dejarme embelesar por la idea de un futuro mediocre, pero seguro.

Después encontré a Caterina. Trabajaba como secretaria en la gestoría Volpe, en la cual yo había acabado gracias a uno de mis hermanos. Le había hecho tanta ilusión ayudarme, que no tuve valor de rechazar la oferta, aunque desde el principio supe que en esa gestoría no se encontraba mi futuro. Y sin embargo allí me quedé el resto de mi vida, el tiempo que me llevó conquistar a Caterina, casarme con ella, tener dos hijos y después dedicar mi atención a otras mujeres.

Me enamoré de ella inmediatamente, la primera vez que la vi. Era guapa, tímida pero decidida, elegante, siempre disponible y cordial. Eso es, este sería el término exacto: Caterina sabía ser cordial, por lo menos al principio. Y yo siempre he sentido atracción por los que me daban su amor sin esperar nada a cambio.

En aquellos años volví a trabajar como contable. Me pasaba los días haciendo cuentas, buscando la casa que nos tendría que dar cobijo y los muebles para decorarla. Después, a partir de determinado momento, decidí parar. No podía más, odiaba el trabajo, las matemáticas, los números y pudrirme detrás de un escritorio. Odiaba mi existencia que, una vez más, no había elegido.

Toda la vida intenté escapar de un trabajo sedentario, y fracasé. Toda la vida intenté luchar contra un destino que parecía querer encarcelarme, y fracasé. Toda la vida cambié de rumbo para no terminar trabajando de contable, y fracasé.

En cualquier caso, en aquel periodo Caterina me apoyó mucho. Entendía cómo me sentía y me animaba a buscar por otro lado. Me convencí de que la quería mucho, a pesar de que ya sabía que no sentía nada por ella, y me volví a lanzar a la búsqueda de un trabajo más acorde a mi forma de ser. Después llegó la noticia: Caterina estaba embarazada. Ella tenía que dejar la gestoría y yo, al contrario, volver. El trabajo de contable volvía a retenerme entre sus tentáculos. No fue culpa de Caterina, obviamente, pero inconscientemente las culpé a ella y a su barriga. Por culpa de su embarazo me veía en la obligación de poner para siempre una piedra encima de mi espíritu rebelde; por culpa de mi mujer tendría que llevar una vida que no quería. Fue entonces cuando empecé a odiarla. Sveva estaba todavía en su barriga, y yo ya era un mal marido.

Trabajé de contable durante cuarenta años. El trabajo fue para mí algo secundario, como una música que se oye de fondo. Mi vida era otra cosa: los hijos, las amantes, los amores imposibles; los amigos; y los sueños que continuaban siendo eso, sueños, pero que con los años se convertían en añoranzas. Ahora lo sé, no se puede intentar ver el trabajo como algo secundario, algo que no importa, porque el trabajo sí que importa. No habría cometido muchas de las estupideces que cometí para dar sentido a mi vida si hubiera tenido un trabajo que me gustara.

Algo que te apasiona no te hace amar a tu mujer, no te enseña a disfrutar del hecho de ser padre, no te sirve para sacudirte de los hombros el polvo que arrastras desde la infancia. Eso es verdad, pero al menos te ayuda a cerrar los ojos por la noche y a no dejarte perder en tus tormentos.

Me pasé la vida echando la culpa a Caterina, a mi trabajo, a mi poca libertad, a las elecciones que resultaron equivocadas, a los hijos que me robaban la energía, al tiempo que pasaba... para no mirar a los ojos a la única verdad cierta: no fui capaz de cambiar nada.

A lo mejor no soy tan fuerte como intento hacer creer.

# LA MENTE

Cada vez que llamo a la puerta de Marino me toca esperar diez minutos hasta que viene a abrirme. Ya hasta le cuesta levantarse de su maldito sillón, se arrastra como un caracol hasta la entrada y, finalmente, se enfrenta a las dos vueltas de llave. Y es que Marino, entre otras cosas, tiene pavor a que unos ladrones puedan meterse en su casa. Para robar qué, no se sabe. Pero el viejo cabezota no atiende a razones, así que me toca esperar que la llave dé todas sus vueltas para que la puerta pueda abrirse. Más minutos perdidos por culpa de las obsesiones de los otros. Un día de estos tendría que probar a explicarle que vivir con el miedo constante de que pueda suceder algo no ayuda a superar ese miedo, sino a tirar por la borda otro día de tu vida. Aunque, por desgracia, creo que sería perder tiempo y fuerzas.

—Marino, no puedes seguir encerrado como si vivieses en una cámara acorazada.

Por la expresión de su cara, intuyo que no ha pillado la broma. Pero llegados a determinada edad, tampoco puedes hacerte el exquisito con las pocas personas que quedan a tu lado. Le adelanto hacia el salón y me siento en el sofá. Marino me alcanza arrastrando los pies y se hunde en su sillón. La imagen me hace pensar en un caracol asustado que se esconde en su concha.

—¿Y bien? ¿Qué tal? ¿Alguna novedad? —me pregunta.

No consigo quitarme de la cabeza la imagen de un enorme caracol que habla y me hace preguntas. Tengo que cerrar los ojos y volver a abrirlos.

—Muchas —respondo—. He conocido a Emma.

—Ya lo sé.

—¿Lo sabes?

—Eleonora me tiene al corriente.

—¿La loca de los gatos?

—La loca de los gatos.

—Vieja espía... —digo con tono seco. Marino sonríe divertido. Hay una gran diferencia entre su organismo y su mente. Está un poco sordo, es verdad, pero todavía es una persona inteligente. Ocurre con frecuencia que el cuerpo no sigue el mismo recorrido que el cerebro, de tal forma que un día uno se encuentra delante del espejo y ya no se reconoce—. ¿Qué te ha dicho?

—Que hay que hacer algo por la chica, y que tú eras un viejo quisquilloso y no querías saber nada del asunto.

—¿Eso te ha dicho, que soy un viejo quisquilloso?

—Palabras textuales. ¿Qué ha pasado?

No sé si está más contento porque Eleonora me ha llamado quisquilloso o viejo. Me inclino por la segunda opción, ya que las verdades son menos duras si afectan también a los otros.

—El altercado con Emma ya es agua pasada. La otra noche durmió en mi casa.

Marino abre más los ojos, se agarra al reposabrazos y se incorpora.

—¿Qué has entendido?

—Dímelo tú.

No sé si cabrearme por el sucio pensamiento que se le ha pasado por la cabeza o sentirme orgulloso porque todavía me ve capaz de seducir a una treintañera.

—Llamó a mi casa y me confesó todo. Me dijo que el capullo

la maltrata desde hace tres años y que ella no tiene valor de escapar. No tiene a nadie en la ciudad. El marido no había vuelto todavía a casa, por eso me pidió quedarse. Esa mujer necesita un poco de atención y humanidad.

Marino deja de apretar el reposabrazos que todavía tenía aferrado con sus uñas, y se vuelve a hundir entre los cojines.

—¿Y tú que le has dicho?

—¿Que qué le he dicho? Que si no lo denunciaba ella, lo haría yo. Pero Emma me ha suplicado que no lo haga.

—¿Entonces? ¿Ya no escribimos la carta amenazadora?

Estoy contento de que Marino se sienta parte integrante de la investigación. El problema es que yo ya no estoy tan seguro de divertirme como al principio. Cuando el dolor de los otros se te acerca demasiado, puedes sentir también tú su punzada.

—La escribimos, cómo no. Aunque no vaya a servir para salvarla, por lo menos no nos quedamos con los brazos cruzados. Así a lo mejor el cabrón se lo piensa dos veces antes de pegarle.

—En ese caso, tengo que enseñarte algo —responde con una especie de sonrisa dibujada en la cara.

Espero que vuelva a salir de su concha y lo sigo hasta la habitación de al lado, donde se encuentra el ordenador.

—¿Has hablado con Orazio? ¿Nos viene a ayudar?

—¿A ayudar? ¡No necesitamos que nos ayude! Mira y estate calladito, desconfiado.

Dicho esto, se acerca a la máquina y, con gestos lentos pero seguros, la enciende. Después se sienta delante de la pantalla y espera. Cuando el ordenador está listo, lo veo trastear con el ratón durante unos segundos y, como por arte de magia, aparece delante de nosotros una hoja blanca lista para que la ensuciemos con nuestras tristes amenazas.

—Repetí la operación con mi nieto durante toda una tarde —responde orgulloso.

—¡Bravo! —le digo, dándole una palmada en la espalda.

—¡Ay, Cesare, con cuidado!

Algunas veces se me olvida que me rodeo de personas que están más para allá que para acá. Pero me siento orgullo de él porque, dentro de lo que es capaz, ha hecho un esfuerzo y ha perdido el tiempo por una mujer que ni siquiera conoce. Un pequeño gesto que nadie verá, y que por eso mismo tiene aún más valor.

—¡Díctame, estoy listo!

—¿Escribes tú? —respondo alarmado.

—¿Por qué? ¿Prefieres hacerlo tú?

—No, es que, para ser sincero, todavía no he pensado qué decir.

—Tú eres la mente —responde rápidamente Marino, descargando sobre mí toda la responsabilidad de la operación.

—Entonces..., escribe...

El viejo tiene ya las manos listas para lanzarse sobre el teclado, como un pianista un segundo antes de comenzar una obra, cuando de pronto suena el timbre. Nos quedamos parados y nos lanzamos una mirada preocupada.

—¡Nos han descubierto!

—¿Estás tonto? Pero si ni siquiera hemos empezado.

—Entonces, ¿quién puede ser? —pregunta con un hilo de voz.

—Yo que sé, es tu casa, ¡ve a abrir!

Marino obedece y se aleja asustado. Menos mal que durante la guerra era todavía joven y no tuvo que ir como militar, porque habría sido un soldado penoso. Me lo imagino en una de las viñetas de *Sturmtruppen*[3].

Nada más abrir la puerta oigo la inconfundible voz de la señora Vitagliano. Pocos segundos después la peste ya ha llegado a la habitación. Eleonora es como si siempre llevase una colección de

---

3 Cómic satírico creado por Franco Bonvicini, que narra la Segunda Guerra Mundial desde la perspectiva de los alemanes.

gatos muertos en el bolsillo de su abrigo. La oigo confabular con Marino al final del pasillo.

—Eleonora ha venido para comprobar cómo van las cosas —dice Marino una vez ya en la habitación.

Perfecto. Ahora ya sí que somos un bonito grupo de desesperados. El viejo coge una silla y acomoda a su huésped. Después vuelve al ordenador.

—Veamos... —intento retomar el hilo—, escribe: «Que-rí-a-mos ad-ver-tir-le de que sa-be-mos que mal-tra-ta a su mu-jer. Si el mal-tra-to con-ti-nu-a-se, nos ve-rí-a-mos en la o-bli-ga-ción, muy a nues-tro pe-sar, de lla-mar a las au-to-ri-da-des com-pe-ten-tes».

Un cuarto de hora y un litro de sudor después, ponemos el punto final. No se me ocurre nada más, pero creo que puede valer.

—¿Habéis terminado ya? —grita Eleonora.

—Pues..., sí, creo que sí —respondo no muy seguro.

—¡No vale! —exclama con energía.

—¿Cómo que no vale?

—Demasiado blanda, ¡necesitamos algo diferente! Marino, escribe lo que te diga: «Cabronazo, sabemos que pegas a tu mujer. Como vuelva a pasar, te rompemos las piernas. ¡Quedas avisado!».

Miro con incredulidad a la loca de los gatos. Marino ríe entre dientes mientras termina de escribir la amenaza.

—Señores, necesitamos una amenaza seria. El capullo tiene que hacérselo encima. ¡Nada de «autoridades competentes»!

Marino me mira. Yo le devuelvo la mirada con un gesto de cabeza para indicarle que tiene que hablar y decir lo que piensa.

—Pues sí, creo que Eleonora tiene razón.

Me vuelvo para mirar a la vieja que, mientras tanto, ha apoyado la cabeza en las manos mientras agarra su querido bastón. Los años la han convertido en una bruja que se las sabe todas. Me gusta. Como Rossana y como todas las mujeres que no se acobardan ante la vida.

—Vale, sois mayoría. Dejamos el texto así.

—Y ahora —pregunta Marino—, ¿qué hacemos?

—Tú imprime. Después meto la carta en el buzón y esperamos a ver qué pasa. —Marino me mira perplejo—. ¿Qué ocurre?

—No le pedí que me explicara cómo hay que hacer para...

—¿Para qué?

—Para imprimir.

—Joder —suelto antes de darme cuenta de la presencia de la señora.

Por suerte, la vieja no ha oído nada y nos sigue mirando con una sonrisa bobalicona.

—¿Tú sabes cómo se hace?

—No, mi relación con la tecnología se limita al mando a distancia.

—Entonces lo único que podemos hacer es esperar a mi nieto Orazio. Esta tarde le llamo y le digo que vuelva.

Resoplo. Para escribir y entregar una carta tardamos días, mientras ahí fuera las cosas tardan pocas horas en pudrirse.

Me despido de la comitiva y voy al piso de arriba. Hay una bolsa colgada del pomo de mi puerta. La abro y dentro hay un mantel. Entro en casa y leo la nota que acompaña el regalo. Es de Emma: *¡Así la próxima vez escucharás lo que te digo en lugar de buscar el mantel! P.D. Gracias.*

Doy vueltas a la nota entre mis manos y me doy cuenta de que estoy emocionado. Como siempre, basta una mujer para ablandarme.

# CASA TALIBÁN

Me parece recordar que la última vez que fui a una cita romántica todavía tenía carné de conducir. Llevo dos días intentando buscar, en vano, una excusa convincente; pero haberme vuelto tan sincero no me ayuda, me parece que ninguna serviría contra la voz desilusionada de mi amante. Además, no me parece buena idea engañar a Rossana, ya que ella podría decidir no volver a verme y entonces la habríamos liado. Tendría que buscarme otra amante que, eso sí, no se comportara como tal, me dejara quedarme dormido a su lado y me preparase una tortilla en su cocina. No creo que sea tan fácil.

Y aquí estoy, esperándola debajo de su casa cual estudiante de instituto en su primera cita. Aunque creo que ese estudiante se encontraría mucho más cómodo que yo.

Tengo un problema, y es que nunca he estado con Rossana más allá de nuestras citas lujuriosas. No sé cómo se suele vestir, si usa tacones, sombrero, abrigo de piel, si se maquilla mucho. Podría aparecer con un chándal o con un abrigo de leopardo y medias de rejilla. Si fuese así, haría como que no la conozco y desaparecería por la primera callejuela oscura.

No tendría que haberla invitado. Nuestra relación ha funcionado durante dos años y ahora lo estoy complicando todo.

La verdad es que me conozco de memoria su cuerpo, pero no

sé nada de su carácter. O, al menos, solo conozco una versión de este y me da miedo darme cuenta de que las otras variantes no me gustan.

Intento distraerme y me concentro en la calle vacía que sube por la colina.

Resoplo y enciendo un cigarro. He aquí otra de las cosas que no recordaba de cuando sales con una mujer: la espera.

Pues bien, entre mis múltiples virtudes no se encuentra la paciencia. Odio esperar, me pongo nervioso, fumo sin parar y me empiezan a doler las piernas. Con Caterina era uno de tantos motivos de discusión. Yo ya estaba listo, mientras ella todavía tenía que ponerse la falda. Entonces bajaba al portal y me encendía un cigarro, que se volvían dos, tres, dependiendo de lo que durase la espera. Cuando por fin bajaba, mi buen humor había desaparecido hacía rato, así que a la primera oportunidad la provocaba. Muchas veces ella ni siquiera contestaba, pero cuando decidía plantarme cara discutíamos y arruinábamos nuestra salida. Le he arruinado un montón de veladas a mi mujer. Pensándolo bien, ella también me las ha arruinado a mí. Una vez, el año que murió, me pidió que la llevase a Satarita, una famosa pizzería en Materdei. El problema era que había como unas diez personas charlando y esperando su turno, y para el nuestro quedaban al menos cuarenta y cinco minutos, demasiados para mí. Por eso le dije que jamás de los jamases me quedaría allí esperando y me alejé irritado. Ella vino detrás de mí sin rechistar, pero con la cara larga, y durante el resto de la velada —que transcurrió en una pizzería cutre no muy alejada, comiendo *pizza* igualmente cutre— no me dirigió la palabra.

Miro el reloj. Llevo aquí desde hace quince minutos y mi rabia empieza a ser incontrolable.

Hay poco que hacer, en muy contadas ocasiones consigo vencer la batalla a mi mal genio. Estoy casi seguro de que cuando llegue Rossana no seré capaz de esconder mi enfado y que estropearé la cita.

Pero en ese momento sale del portal. Está guapísima, además de impecable, con un abrigo largo que le cubre las piernas y un par de zapatos no demasiado altos. La observo maravillado y tengo la sensación de que es la primera vez que la veo. Es otra Rossana, distinta a la que me había acostumbrado a conocer. Voy a su encuentro con un amago de sonrisa, y me doy cuenta de que no soy el único que se siente incómodo. Y eso que somos adultos y estamos ya curtidos, deberíamos sentirnos más a gusto. El problema es que hemos hecho el camino al revés: primero nos hemos acostado juntos y después hemos quedado para cenar.

A nuestra edad es difícil aceptar que las cosas no tengan un criterio. Además, no sé por qué razón, normalmente no pienso en el trabajo de Rossana; pero esta tarde, sin embargo, no se me va de la cabeza.

—¿Cómo estás? —dice.

—Bien, gracias. ¿Cogemos un taxi?

—¿Está lejos?

—Veinte minutos a pie.

—Entonces vamos andando, así me hablas de ti.

El nuevo papel no le ha hecho perder su acostumbrada franqueza. Un punto a su favor.

—¿Por qué, no me conoces lo suficiente? Mira que sabes más de mí que mis propios hijos.

Me mira satisfecha y se agarra de mi brazo. Parecemos una vieja pareja que ha decidido salir a dar una vuelta para refrescar un poco su matrimonio ya putrefacto.

—Tú también eres el que mejor me conoce.

—Tu mejor cliente —respondo con media sonrisa.

—No, yo no salgo a cenar con mis clientes —me contesta seria.

Entonces, ¿qué soy yo? Me gustaría preguntárselo, pero me da miedo escuchar la respuesta.

—He averiguado el nombre del jefe de mi hijo y la dirección del negocio —dice después de un breve silencio.

—Estupendo. Después me los escribes, así vamos a intercambiar un par de palabras con ese señor.

Se le ilumina la cara. Está contenta y no hace nada para disimularlo. Ojalá bastase con invitar a una mujer a cenar para sentirse tan justos. Pero a mí no me engaña: puede sonreír, gastar bromas, hablar un italiano perfecto, terminar la noche de manera brillante; pero no puede borrar de sus ojos ese sentimiento de inferioridad con el que carga. Rossana es una de esas personas que piden disculpas por vivir, como si su existencia pudiese molestar a alguien.

Paseamos despacio y ella, de vez en cuando, se para a mirar los escaparates de las tiendas cerradas. Sin embargo, yo pienso que habríamos hecho mejor cogiendo un taxi, también porque de golpe aparece un escúter pitando a nuestras espaldas. Me doy la vuelta instintivamente y me encuentro a dos chicos con crestas, cigarrillos en la boca y el cuello lleno de tatuajes. Me miran con una expresión dura que desentona con su cara adolescente. Querrían que nos apartásemos para dejarles la acera. El problema es que no tengo intención de hacerlo, así que no me muevo. Entonces uno de los dos dice:

—Abuelo, que tenemos que pasar. ¡Quítate de en medio!

Rossana me agarra fuerte del brazo, intentando inútilmente evitar que yo salte.

—Para empezar, no soy tu abuelo. Y por si no te habías dado cuenta, ¡esto es una acera!

Pero ellos ni me contestan y meten el morro de la moto en el único hueco disponible entre mi acompañante y yo. Al rato han desaparecido detrás de nosotros, en el laberinto del Quartiere Spagnolo. Qué pena, ya estaba disfrutando al pensar en sus caras sorprendidas por mi actuación. Esta vez habría interpretado a un *carabiniere*.

—¿Tantas ganas tienes de que te peguen? —pregunta Rossana.

—No lo habrían hecho. Además, no sé estar callado.

—Mejor no hacerse el héroe en esta ciudad. ¿Todavía no lo has entendido?

—Pues yo creo que sí, que es justo aquí donde hacen falta héroes, no en Milán o Turín.

Me dirige una sonrisa amarga y replica:

—De todas formas, no te han hecho ni caso.

—Es verdad, pero si tuviese que abrir la boca solo cuando estoy seguro de que se me va a escuchar, me quedaría callado para el resto de mis días.

Rossana suelta una risa bobalicona y me vuelve a coger del brazo.

—¿Qué tal fue la exposición de tu hijo? —pregunta deseosa de volver a lo nuestro.

—Bastante bien, estaba contento.

—¿Y tú, te lo pasaste bien?

—Bueno, los aperitivos estaban ricos.

—Tonto, me refería a si pasaste algo de tiempo con tus hijos.

—Con Sveva. Dante estaba ocupado haciendo reverencias a sus mejores coleccionistas.

—No digas eso.

—Es la verdad.

—¿Cómo es tu hija? —pregunta.

—Una neurótica.

Ella se para y me mira.

—Cesare, ¿eres capaz decir algo bonito de tu familia?

Efectivamente, me cuesta mucho. Un padre normalmente no ve los defectos de sus hijos, mientras yo no puedo ver otra cosa.

—La verdad es que me cabrea muchísimo. Es una mujer infeliz que no para ni un momento para darse cuenta de que lo es.

—Pero es que no es nada fácil. A lo mejor simplemente necesita ayuda.

—Ya ves, como mi vecina, que deja que su marido le pegue.

Rossana me mira con unos ojos agrandados por el rímel y luego replica:

—¿Y tú cómo lo sabes?

—Los oigo, y a ella la he conocido. También me he ofrecido a ayudarla, pero no ha querido.

—Perdona, pero ¿qué tiene que ver esto con Sveva?

—Tiene que ver. No se puede salvar a alguien si este no quiere. Y Sveva no quiere.

Rossana suspira.

—Pasas demasiado tiempo solo —dice al rato.

—¿Por qué, qué te lo hace pensar?

—Eres demasiado cabezota.

Qué gracioso, Caterina decía más o menos lo mismo.

—Por cierto, aquí trabaja mi hija. — Señalo el portal del despacho de Sveva.

Rossana comprueba el edificio y dice:

—Tiene que ser una abogada importante para tener el despacho en todo el centro. Tendrías que estar orgulloso de ella.

—Lo estoy —replico, mientras con el rabillo del ojo me fijo en un detalle que llama mi atención—, pero no tanto por su trabajo como porque sabe hacerse respetar. De alguna forma se parece a mí.

—Entonces tiene mal carácter —bromea Rossana.

Pero yo ya no la escucho, centrado como estoy en el detalle que acabo de ver. Me planteo si merece la pena volver atrás. Luego decido no estropear la noche a mi acompañante y cambio de tema.

—Oye, ¿y tú qué haces aquí conmigo? —pregunto.

—¿A qué te refieres?

—¿Qué opinas de mí realmente? Nunca me lo has dicho —insisto.

Rossana se toma un momento antes de contestar:

—Creo que eres una buena persona que intenta de todas las maneras posibles parecer mala.

Es por este motivo por el que salgo con Rossana. La llevo a cenar, paso con ella más tiempo que con mi nieto, y me suelta la verdad a la cara sin ningún tipo de miramientos.

—Bueno, digamos que los que me quieren prefieren pensar así.

—¿Y quién te dice que te quiero? —pregunta ella irónicamente.

—Estoy seguro de ello. Si no, no te habrías acostado conmigo —susurro—. ¡Mi físico no es precisamente mi punto fuerte!

Ella ríe y yo pienso que, a pesar de estar intentándolo con todas mis fuerzas, no consigo sacarme de la cabeza el detalle que he visto donde el despacho de Sveva.

—Escucha —digo por fin—, tengo que volver atrás a mirar una cosa, ¿te importa? Serán solo cinco minutos.

—¿Qué cosa? —dice ella.

—Nada, una tontería. Pero si no voy, voy a seguir dándole vueltas.

Rossana viene conmigo sin oponer resistencia. Volvemos debajo del despacho de mi hija y el detalle sigue allí.

—¿Ves aquel coche? —le digo, señalando un SUV que tengo delante.

—¿Cuál?

—Aquel grande y oscuro que está aparcado debajo del despacho de Sveva.

—Sí —contesta indecisa.

—No sé si me equivoco, pero creo que es el coche en el que la pillé hace unos días con un hombre.

Rossana me mira fijamente unos segundos. Yo, sin embargo, continúo mirando el SUV sin alejar la mirada, como si fuera un felino, con el cuello estirado y las orejas de punta, lo poco que estas se mueven. Siempre me ha parecido llamativo cómo los animales consiguen mantenerse concentrados durante interminables minutos a la espera de un único e insignificante movimiento. Para recibir la atención de un ser humano, por el contrario, a veces no basta ni con darle un tortazo en toda la cara.

—Y mira arriba. ¿Ves esa luz encendida? Es el despacho de Sveva.

—¿Entonces? —pregunta después de un rato que me parece interminable.

—Entonces podría tratarse del mismo coche y él podría estar con ella.

Rossana se ríe. A mí, sin embargo, la idea no me hace ni pizca de gracia.

—He aquí una parte de ti que no conocía: eres paranoico.

¿Sabes cuántas partes de mí te faltan todavía por conocer? Entre las sábanas solo se ven los defectos más pequeños de un hombre.

—Prefiero decir que ando ojo avizor. ¡Mi hija tiene una aventura!

—¿Por haber estado en el coche con un hombre?

—Resulta que ese hombre apoyó una mano en su muslo para despedirse de ella. No creo que cualquiera que lleve en coche a una compañera o amiga le toque el muslo como recompensa. Si no, la ciudad estaría plagada de pervertidos que se ofrecerían a llevar a mujeres en sus coches.

Rossana sigue divirtiéndose, lo que digo parece ponerle de buen humor. Yo, sin embargo, me quedo muy serio, cojo el móvil y llamo a Sveva.

—¿Pero qué haces?

No le contesto, entre otras cosas porque el teléfono ya está sonando.

—Papá.

—Hola, Sveva. ¿Qué tal?

—Bien, ¿por?

Parece inquieta. Rossana se acerca a mi oído para escuchar.

—Por nada, quería saber si todo iba bien.

Ella se queda en silencio un rato. Luego replica con voz insegura:

—Sí, todo bien.

—Te noto rara, como inquieta.

—¡Qué va! Es que no estoy acostumbrada a tus llamadas y a los continuos interrogatorios de estos últimos días.

Es verdad que me estoy portando como un viejo atontado que no tiene vida propia y se mete en la de los hijos.

—Solo quería saludarte. ¿Estás en casa?

—¿Qué? Sí, estoy en casa.

Su voz revela inseguridad. Conozco a mi hija, sé que difícilmente se deja ganar; pero cuando esto ocurre no sabe cómo defenderse y se rinde al enemigo, como un cachorro indefenso ante el jefe de la manada. Pero no me apiado, quiero llegar hasta el final.

—Ponme con Federico, le quiero saludar.

Otro silencio.

—Papá, no es buen momento, se tiene que bañar e ir a la cama. Si eso, te llamo mañana. Disculpa.

Y cuelga antes de que yo pueda replicar.

Me giro hacia Rossana, que me mira intrigada.

—Mi hija me está contando un montón de trolas —comento, metiéndome el teléfono en la chaqueta.

—Es normal, todos los hijos lo hacen —dice ella intentando quitar hierro al asunto.

—Estoy seguro de que está ahí arriba con su amante.

—Y si fuera así, ¿tú qué puedes hacer? Es su vida.

Es lo mismo que le habría dicho yo a un amigo, a Marino, por ejemplo, que tiene la malísima costumbre de meterse en la vida de su hija. Justo como estoy haciendo yo ahora.

La luz de la habitación se apaga. Agarro a Rossana, que todavía parece empeñada en darme consejos que no escucho, y la llevo detrás de una furgoneta para escondernos. Ella me mira como si estuviera loco. No estoy loco, querida Rossana, soy un transformista, ya te lo he dicho. Ahora estoy haciendo de detective.

—Cesare, yo no quiero involucrarme en esto. ¡No me parece nada bien espiar a tu hija!

Si supieras cuántas otras cosas que hago al cabo del día no están bien, querida Rossana. Incluso seguir dejándote el dinero en la mesilla me parece incorrecto para ambos, pero en ese caso no te quejas.

—Un segundo solo y ya nos vamos —contesto, procurando no alejar la vista de la entrada del edificio.

—Llegamos tarde —intenta replicar ella.

El ruido del interruptor del portal anticipa la salida de Sveva. Abro bien los ojos. Con ella va un hombre elegante, de unos sesenta años, con el pelo canoso y la camisa demasiado pegada a la barriga. Los dos miran prudentemente alrededor antes de meterse en el SUV, que se abre con un *bip*. A mi lado oigo susurrar a Rossana:

—Tenías razón.

El coche da marcha atrás y arranca. De golpe no me interesan ni la cena ni Rossana ni volver a hacer el amor durante el resto de mi vida. Cojo a mi acompañante del brazo y corro hacia el final de la calle, donde está la parada de taxi.

—Pero ¿qué haces? —grita, apretando su bolso.

—¡Tenemos que seguirlos!

—¡Estás loco!

Sí, estoy loco, pero tendrías que haberte dado cuenta antes, mi niña, has tenido dos años para ello. Ahora es demasiado tarde, y si no mueves el culo, perdemos el todoterreno y nos olvidamos de la persecución.

Paro de golpe un taxi y le pido al conductor que siga al coche. Jadeo y apenas puedo hablar, pero aun así le debo una disculpa a Rossana:

—Siento estropearte la noche, pero quiero saber qué se trae entre manos mi hija.

Ella no contesta. Entonces me dirijo al taxista para pedirle que vaya más rápido. El hombre refunfuña y acelera un poco. Es evidente que le importa un bledo la persecución. Al llegar a un semáforo en rojo se para justo cuando el todoterreno se está marchando. Entonces me asomo y le digo:

—Pero ¿qué hace? ¡Siga, adelante!

Él se gira y, con muy malos modales, me responde:

—Oigan, a mí no me metan en sus rollos, ¡que no quiero que me pongan una multa!

Entonces no me queda más remedio que hacer una de mis habituales transformaciones.

—Quizá no me haya reconocido. Soy el fiscal y estoy persiguiendo a un poderoso capo de la Camorra. Le ordeno que se salte el semáforo. ¡Si no, mañana su permiso de conducir será papel mojado!

Palidece, se quita la gorra y contesta:

—Disculpe, señor fiscal, no le había reconocido.

Luego se gira, mete la primera y arranca derrapando. En pocos instantes alcanzamos nuestra presa.

Rossana por fin sonríe, yo le correspondo. No me equivoqué en elegirla. Vende su cuerpo para vivir, pero es la única que se divierte con mis tonterías. Y a mi edad hace falta una mujer que te haga creer que eres todavía una persona agradable y no un viejo que puedes dejar tirado en un sillón delante de la televisión.

El coche se para unos bloques antes de donde vive Sveva. Los dos hablan, se besan. Al final ella baja y se va. Me paro a pensar en cuando unos minutos más tarde esté con Diego y Federico, cómo hará para ocultar el engaño. Yo creía ser bueno en este sentido, pero puede que no fuera así, puede que los hijos tengan poderes paranormales y delante de sus ojos desaparezca la máscara con la que volvemos a casa. Así que creemos estar protegidos y, sin embargo, estamos desnudos. Miro a Sveva y me veo a mí. Yo engañaba a su madre, ella a su marido.

El taxista me mira, creo que quiere saber qué tiene que hacer, pero yo soy un fiscal y me respeta demasiado como para hacer preguntas.

—Siga el coche —digo finalmente con voz austera, como corresponde a un representante institucional.

Rossana me lanza otra mirada, la enésima de la noche, y yo asiento como para decir que tengo la situación bajo control.

El taxista suda, se le ve preocupado. A lo mejor piensa que está persiguiendo a un poderoso capo en lugar de a un viejo barrigudo con un coche hortera. En mis tiempos estaban los Cinquecento, que tenías que conducir encorvado si eras demasiado alto. Hoy, sin embargo, están estas especies de transatlánticos que no se sabe para qué sirven. El mundo se hace cada día más pequeño, pero nosotros continuamos empecinados en producir cosas cada vez más grandes.

Pero ahora son otros los problemas que me inquietan. Por ejemplo: me he tirado los últimos diez minutos preguntándome por qué Sveva pueda preferir pasar su preciado tiempo entre los brazos de un viejo seboso, en vez de estar en casa con su marido y Federico. Luego lo he entendido: una mujer busca fuera del matrimonio lo que no encuentra dentro. Diego es un buen chico, demasiado bueno, como Marino, y ya he dicho lo que opino de los buenos. Eso quiere decir que la especialidad del tipo que estamos persiguiendo es la maldad, por lo que no puedo permitir que mi hija acabe entre las garras de un hombre pérfido, aunque simpático, seguro de sí mismo, alegre y jovial. Para eso ya me tiene a mí.

—¿Qué quieres hacer? —pregunta Rossana con un hilo de voz.

—No sé.

En realidad sí que lo sé, pero ya no estoy tan seguro. De hecho, ¿quién soy yo para decidir por mi hija? ¿No hice yo lo mismo? Pero la pregunta que realmente me ronda por la cabeza es otra: ¿de verdad sería mejor pasar la vida con un hombre bueno, pero aburrido, que con uno simpático, pero egoísta? El mal sabe camuflarse incluso detrás de un rostro afable.

El caso es que ya me he lanzado y tengo que saber más sobre el viejales que se acuesta con Sveva. ¡Y yo me preocupaba por los gustos sexuales de Dante! El artista sociable parece una modelo en comparación.

El SUV se detiene en el paseo marítimo. El hombre pone los intermitentes, baja del coche y se mete en un estanco. Cuando sale tiene un puro en la boca y una bolsita llena de colorines en las manos. Me asomo para ver mejor y compruebo que son esos animalitos de plástico que tanto les gustan a los niños, incluyendo a mi nieto. Una vez le compré una que contenía una valla, algunos cerdos, un par de vacas moteadas y unas ovejas. Federico jugó con ellos lo que se tarda en construir el recinto y meter dentro los animales a pastar. Unos días más tarde, la alegre granja descansaba tristemente en una bolsa junto con otros miles de juguetes que ya habían dejado de cumplir su función. Un poco como ocurre con los coches que se pudren en los campos que bordean las autopistas.

El hombre se vuelve a meter en el coche y arranca. Miro a mi alrededor. Estamos lejos de nuestro restaurante, persiguiendo a una persona que, aparte de tener una aventura con mi hija, tendrá algún nieto suelto por la ciudad.

A lo mejor no es tan malo. A lo mejor no siempre funciona la ecuación según la cual fuera del matrimonio buscamos algo diferente. Quizá algunos sientan la necesidad de reencontrarse gracias a una cara nueva, un perfume diferente, unos ojos que te observan curiosos.

—Vale, pare aquí —digo rendido.

El taxista suspira satisfecho, como si hubiese escapado de un serio peligro, y me invita a la carrera, la enésima de mi vida.

—¿Sabes que eres un tío muy majo? —comenta Rossana. La cena galante ya ha quedado cancelada. Le he estropeado la noche por una crisis de celos adolescente, y ahora me mandará a la mierda—. ¡La verdad es que nunca me lo he pasado tan bien en una primera cita! —prosigue satisfecha.

¡Qué mujer, esta Rossana! Si yo tuviera diez años menos, me casaría con ella. Nos abrazamos y nos volvemos a quedar frente a frente, las bocas separadas por apenas unos centímetros de aire. Vuelvo en mí y me alejo. No puedo besarla, no ahora, no aquí, en medio de todo el mundo. Si alguien llamase a la policía por escándalo público, no podría culparle.

—Lo siento, ¡pero al ver a mi hija junto a un tipo como ese me he puesto nervioso!

—No te preocupes, no pasa nada —contesta—. Efectivamente, no entiendo qué puede ver en aquel viejo.

—¡Gracias por el cumplido!

—Tonto, quería decir viejo para ella.

Miro a mi alrededor. Enfrente hay una furgoneta que vende bocadillos. Se me ocurre una idea.

—¿Qué te parece si te invito a un delicioso sándwich en Casa Talibán, ahí enfrente?

Ella se gira y se echa a reír. Luego me coge la mano y entrelazamos los dedos. Pues bien, increíble, un escalofrío recorre veloz mi brazo hasta llegar a mi espalda. Creo que la última mujer con la que tuve una relación tan íntima fue mi esposa. Mis manos arrugadas y llenas de manchas se han acostumbrado más a tocar unas nalgas que a rozar otras manos. Es la edad que avanza y devora lo poco de poesía que todavía brilla en mi barriga.

A ella le compro una hamburguesa con *provolone,* mientras que yo me lanzo a por un perrito caliente con chucrut, lo cual no es precisamente lo ideal para una primera cita galante. Pero a esta noche ya le queda poco de galante, solo el vestido que Rossana se remanga antes de subirse al muro que delimita la calle. Yo la imito, doy un largo trago a la botella de Peroni helada y se la paso. Detrás de nosotros el mar descansa sereno y refleja las luces de los chalés de Posillipo, donde gente de mi edad cena con cubiertos de plata y servicio doméstico a sus espaldas. Yo, sin embargo, bebo a morro de la botella y, si pudiera, soltaría un eructo que daría un poco de paz a mi pobre estómago revuelto.

—Que sepas que hoy me ha quedado claro que mi hijo está en buenas manos —comenta al rato—. Si Sveva, como dices, se parece a ti, ¡será una leona en el juicio!

Nos quedamos una hora apoyados en el muro, riéndonos de nosotros y de la vida, hasta que me recuerda que es tarde y que al día siguiente tiene que trabajar. En un contexto de este tipo, con el mar y el Castel dell'Ovo a nuestras espaldas, las familias que pasean y el Vesubio que nos espía, me había olvidado del trabajo de Rossana, me había olvidado de que solo soy su viejo y encogido cliente. Me había olvidado de que la vida es como esta ciudad, una ilusión. Todas estas luces, las sonrisas de la gente, los tenderetes, los carritos de algodón de azúcar, las bicicletas ruidosas, la luna que se refleja en el agua e ilumina Capri a lo lejos no son nada comparados con el silencio de las múltiples avenidas sucias y olvidadas, frente al lamento de los callejones que destilan violencia y a las miradas despavoridas de quienes no saben manejarse en las calles oscuras.

Nos levantamos y vamos hacia los taxis. La comedia se ha acabado, volvemos a la realidad. Pero estoy igualmente contento. Al principio de la noche temía conocer a una mujer diferente, una que no me hubiera gustado. Sin embargo, me he dado cuenta de que no existen otras versiones de Rossana, que ella siempre es la misma, en ropa interior o con camisa y falda, sobre un colchón o un muro. Me pregunto si también conquistaría a mis hijos.

Ya estoy en casa cuando me llega un mensaje al móvil. Es ella. Después de innumerables intentos, consigo leer el texto. Dice: *Gracias por la espléndida noche. ¡No la olvidaré!*

Los ojos se me humedecen, así que lanzo el móvil al sofá y voy al baño. Dime tú si a mi edad puedo todavía conmoverme con la frase de una mujer. Sentado en el váter, mis labios deciden romper el silencio de la casa:

—Solo quería decirte que esta noche una mujer me ha cogido de la mano y ha hecho que me emocione como no ocurría desde hacía mucho tiempo. Lo sé, no está bien que venga a contártelo justo a ti, pero eres la única a la que me apetecía decírselo. Buenas noches.

Luego tiro de la cadena y me voy a dormir.

Mejor no le cuento nada de Sveva.

# SOMOS DOS

La pantallita me informa de que el ascensor está en la séptima planta, como siempre. Tiene que haber un magnetismo cósmico, una ley de la gravedad que funciona al revés y que atrae los ascensores al último piso.

Aprieto el botón y espero a que la vieja caja venga a recogerme. Unos metros más arriba una puerta se cierra con fuerza antes de que alguien baje corriendo por las escaleras. Me asomo por el hueco de estas y le veo. Es el vecino de la mano larga, que corre escaleras abajo como un loco. El corazón empieza a latirme con fuerza en el pecho, porque el hombre no es que vaya deprisa, es que está huyendo. Y si huye es porque ha hecho daño a Emma.

Decido enfrentarme a él.

En cuanto nota mi presencia, ralentiza y entorna los ojos. Evidentemente todavía no ha olvidado la lección que le di. Se detiene a un metro de mí y pide permiso, pero yo no me muevo ni un centímetro. Tengo taquicardia, vértigo y una gota de sudor perla mi frente. A pesar de ello, no retrocedo ni un paso. Un general no lo haría.

—¿Me deja pasar? —pregunta.

Lo observo. Está sudando, tiene el pelo todo enmarañado y las pupilas dilatadas.

—¿Qué ha pasado? —consigo preguntar.

—¿Qué tendría que haber pasado? —contesta él.

—¿Por qué va corriendo?

—¿Qué pasa, ahora no se puede ni correr en este edificio?

Efectivamente, se me hace bastante difícil replicar a algo sensato.

—¿Dónde está su mujer? —pregunto.

Él retrocede solo un instante, antes de decidir pasar al ataque.

—Disculpe, pero ¿a usted que le importa?

Noto cómo el sudor hace que se me pegue la camiseta interior al cuerpo, tengo los ojos empañados. Ya no se trata de una simple e inocua broma, ahora corro el riesgo de que me peguen, y con mis años no creo que saliera de esta solo con algún cardenal.

—¡Me importa si usted continúa maltratándola!

Ya está, lo he dicho. Él me mira furioso antes de perder el control.

—¡Quítate del medio, viejo loco!

Me empuja, y un segundo después ya está fuera.

Por suerte, la pared me sirve de apoyo y logro no rodar por el suelo como mi bolsa de la compra, cuyo contenido acaba desparramado en el portal. Cabrón, esta me la pagarás, ¡lo juro! Claro, pero ¿cómo?

Me ajusto la patilla de las gafas, que del golpe se ha salido a la altura de la sien. Luego me pongo a recoger la compra.

El edificio es un continuo vaivén, en cuanto llamas el ascensor aparece alguien que te obliga a apretujarte en la cabina y a hablar del tiempo. Sin embargo, cuando necesito ayuda, no se ve a nadie rondando por aquí.

Finalmente consigo llegar a casa. Me meto en la cocina, apoyo las bolsas encima de la mesa, cojo dos cajas de congelados y las meto en la nevera. Luego, sin quitarme la chaqueta, llamo a la puerta de Emma, que me abre después de una espera que parece infinita. Tiene el labio partido y se sujeta un brazo. La miro espantado y por un momento mi instinto me pide ir a buscar a ese cabrón. Después pienso que es mejor socorrerla. Ya habrá tiempo para darle su merecido.

—¿Puedo? —pregunto.

—Si vuelve, primero te mata a ti y después a mí.

Por primera vez su previsión no me parece tan disparatada. Ese hombre es un loco peligroso. Entonces la agarro por la muñeca buena y la llevo a mi casa. Ella se deja. Enciendo la luz del baño, cojo algodón y alcohol, le limpio las heridas e intento moverle el brazo. Emma grita de dolor.

—¿Te ha dado también en la barriga?

Se limita a decir que no con la cabeza. Solo ante a la insistencia de mi mirada preocupada añade:

—No, no, te lo juro. He procurado protegerla.

Dios mío, ¿cómo puedo ser testigo de algo así sin intervenir? No puedo.

—Tenemos que ir al hospital y contar la verdad a la policía. ¡Hay que denunciar a este cabrón!

—No, por favor —rompe a llorar—, ¡no me hagas esto!

—¿Por qué? ¿Por qué no quieres que te ayude? ¿Por qué lo defiendes?

—Te juro que me liberaré de él en cuanto pueda. Pero, por favor, no lo denuncies, solo empeoraría las cosas.

—No te entiendo —susurro.

Llamo un taxi. Cuando estemos allí diré la verdad, pase lo que pase. Aunque Emma me empiece a odiar, aunque me eche de su vida, yo haré lo que hay que hacer.

En Urgencias nos dejan esperando junto a otra gente en una sala muy grande con pocas sillas y muchas camillas que acogen enfermos silenciosos. Durante ese tiempo estamos callados, ocupados en mirar a nuestro alrededor. Finalmente me giro y le pregunto:

—¿Cómo has hecho para enamorarte de un tipo así?

Emma suspira y sigue sujetándose el brazo.

—No lo sé, ya no me acuerdo.

—¿Y por qué no me dejas que te ayude?

—Cesare, tú no lo entiendes. Si esta noche lo denunciásemos, tendríamos que huir. ¡Tú y yo!

No, no lo entiendo. Y nunca lo haré.

—¿Por qué te ha pegado esta vez? —Ella se gira hacia otro lado—. ¿No me lo quieres decir?

Contesta sin mirarme.

—No me quería acostar con él, me daba miedo por el niño. ¡Se ha puesto hecho un energúmeno! —No contesto, no sabría qué decir—. Siento haberte involucrado —susurra después de unos momentos de silencio.

—¿Pero qué dices?

—No tendría que haber entrado en tu casa aquella noche.

—Pues hiciste lo correcto.

—¿Quieres que te diga la verdad? —Me mira fijamente a los ojos. Asiento—. Ya tiene una denuncia por malos tratos por parte de su ex. El juicio sigue abierto. —Sacudo la cabeza y suspiro—. Si le denunciara, ¡acabaría inmediatamente en la cárcel!

—¿Y no es lo que quieres? —pregunto en un tono de voz demasiado elevado.

—Solo quiero mi bien, no su mal.

Incluso con la cara tumefacta y la sangre cuajada, me parece que está guapísima. Si tuviera su edad, me enfrentaría al mundo con tal de estar con ella y protegerla.

—¿Cómo puedes hablar así? ¡Casi te rompe un brazo!

Una lágrima se desliza por su mejilla, pero con la mano buena la hace desaparecer. La vida le ha enseñado a no dar muestras de dolor.

—No quiero arruinar su vida, solo dejarle.

—¿Y no piensas en las otras que ocuparán tu lugar? ¿Quién podría estar a salvo con tu gesto?

Ella se da la vuelta y me mira, cargada de frustración.

—¿Crees que no he pensado ya en ello, que no pido todas las noches perdón por mi falta de valor?

El sufrimiento se transforma en lágrimas que se deslizan lentamente por su boca. No sé qué decir e intento contener las ganas de abrazarla contra mí.

Al cabo de un rato las lágrimas de Emma se detienen y ella se abandona soltando un resoplido, como un viejo autobús que ha llegado a destino. Luego se queda allí, mirando al vacío, con los labios entreabiertos, intentando recobrar el aliento. La miro y me fijo en aquel defecto que la hace única, el detalle que me sedujo desde el principio.

—El diente, ¿te lo rompió él? —pregunto.

Ella se toca el incisivo con la lengua.

—¿Este?

—Sí.

Sonríe por primera vez en lo que llevamos de noche y contesta:

—No, me lo rompí de niña. Me caí de la bici.

—Me gusta —comento.

—¿Te gusta el diente roto?

—Sí, el diente roto.

—Eres un tío raro —contesta un instante antes de que la llamen.

En la habitación hay un médico sentado en el escritorio. A su lado, un hombre con camisa y pantalón verdes sostiene una carpetita llena de hojas para firmar. Emma y yo nos quedamos de pie esperando una señal. El médico ni nos mira, sigue firmando sin parar. El enfermero, sin embargo, nos examina de reojo. Solo cuando ha rellenado la última hoja, el médico se levanta, agarra el brazo de Emma, intenta girarlo y se para al grito de la chica. Entonces empieza a inspeccionar los moratones y los arañazos que tiene por el cuerpo. Se gira hacia mí. Le devuelvo su mirada indagadora hasta que me pregunta:

—¿Es usted su padre?

—Un amigo —contesto con tono angelical.

El hombre empieza a sospechar y, dirigiéndose a Emma, continúa el interrogatorio.

—¿Qué le ha ocurrido, señorita?

—Me he caído de la bicicleta.

La bicicleta otra vez. Me pregunto si antes me ha dicho la verdad o si se trata de una excusa comodín, válida para todas las ocasiones. Tampoco el médico parece creerla, pero no insiste y se dirige a mí.

—¿Ha sido así? ¿La señorita se ha caído?

Emma me mira. Ya está, ha llegado el momento de decir la verdad y condenar al marido a la cárcel. Pero sus ojos me imploran que no hable. Agacho la cabeza, no puedo ir en contra de su voluntad, no tengo derecho a hacerlo. Me quedo callado y el médico se levanta.

—Sí, así es —digo finalmente.

El hombre se empieza a poner nervioso. ¿Cuántas veces habrá presenciado situaciones como esta? Se lee en su cara que ha entendido lo que está pasando y que solo está decidiendo si le merece la pena inmiscuirse.

—Estoy embarazada —dice de repente Emma.

El médico mira el torso de la chica. Luego, dirigiéndose al enfermero que está a su lado, le apremia como para despacharnos:

—Vale, entonces haremos una ecografía abdominal y vendaremos el brazo. —El enfermero acompaña a Emma fuera. Estoy a punto de irme a la sala de espera, cuando el bata blanca me detiene—. ¿Sabe usted cuántas mujeres he visto en estas condiciones, incluso peor? ¿Y sabe que casi todas se han caído de la bicicleta, de una silla, del columpio o del escúter?

Agacho la cabeza, no puedo sostener su mirada.

—¿Qué quiere que haga? —pregunto por fin.

—Nada. Si puede, convenza a la señorita para que hable.

—He hecho lo que podía. Y usted, ¿por qué no le ha preguntado todo esto a la chica?

—A mí nunca me habría dicho la verdad.

—Eso no es verdad, es lo que usted prefiere creer —replico antes de salir y volver a mi sitio.

Con el rabillo del ojo veo que el hombre me observa y sacude la cabeza en señal de desaprobación. No me tomes por un viejo carcamal, tú y yo no somos realmente tan diferentes. De una forma u otra, hemos decidido no intervenir y ocuparnos de nuestros asuntos. Espera simplemente que en el futuro no acabemos compartiendo también el remordimiento.

Emma sale media hora después con el brazo vendado. Viene hacia mí y me mira con lágrimas en los ojos. Espera que yo hable.

—No te preocupes, no he dicho nada.

Sus labios sonríen, antes de que el brazo bueno ciña mis hombros. Le devuelvo con esfuerzo el apretón, pero la sonrisa la verdad es que no me sale.

## QUISIERA SER UN GORMITI[4]

Hay días en los que no te apetece ver la horrible realidad. Los años que arrastras se hacen evidentes y pesan como una losa.

La mañana ha empezado mal. En el autobús un chico lleno de granos y con auriculares se ha visto en la obligación de levantarse nada más verme. ¡Ni que fuese un soldado y yo su sargento mayor! Lo he mirado con odio, pero él ha dicho: «Adelante». Entonces he tenido que sentarme para evitar ulteriores miradas impertinentes por parte de la gente.

Sí, lo sé, habría tenido que darle las gracias por su amable gesto, pero en lugar de eso me he sentado y, con ceño fruncido, me he puesto a mirar por la ventana.

Realmente, el error ha sido mío, no tenía que haber cogido el autobús, ese concentrado de desgraciados que compiten entre sí para ver cuál de ellos da más pena a la gente. Yo preferiría romperme el fémur con tal de no dar pena a los demás.

Pero esto no ha sido todo, después la cosa ha ido incluso a peor.

Estaba sentado en un banco fuera del colegio esperando a mi

---

4 Muñeco en miniatura, de tipo fantástico. En Italia han hecho serie televisiva y cómics.

nieto Federico, ya que tampoco en esta ocasión había sido capaz de encontrar una excusa razonable para ahorrarme la tarea. En fin, que estaba yo a mi bola, cuando me he dado cuenta de que un grupito de tres chiquillos me señalaba y se echaba a reír. He mirado hacia otro lado, a fin de cuentas no eran más que niños, y me he concentrado en las mamás que estaban esperando, un espectáculo cien veces mejor. Pero aquellos tres bribones no paraban de tomarme el pelo. «Muy bien, divertíos –he pensado–. Total, antes de que os deis cuenta, la vida dará una vuelta y os encontraréis sentados en un maldito banco esperando al mocoso de turno». Luego he agachado la cabeza y me he dado cuenta de que tenía la bragueta abierta, la mayor de las diversiones para un anormal de ocho años. Entonces he arreglado el descuido, me he dirigido a mis tres denigradores y, con gesto amable, les he hecho una señal para que se acercaran. Los mocosos se han asustado, pero el más alto ha venido hacia mí.

—Hola —he empezado a decir de manera amable. Él ha contestado sin levantar la mirada—. ¿Sabes quién soy?

El mocoso tenía las manos debajo de los tirantes de la mochila. Me ha mirado y ha negado con la cabeza

—Soy policía —he dicho, siempre con cara sonriente y voz persuasiva. Él ha abierto los ojos—. ¿Sabes que no está bien reírse de un policía? Es algo que no hay que hacer, tendría que habértelo dicho tu madre.

El niño ha agachado de nuevo la cabeza. Cuando quiero, sé infundir cierto temor.

—¿Y ahora qué tendría que hacer, llevarte conmigo a comisaría? —Entonces el chaval se ha puesto a llorar y una señora por poco se da cuenta de lo que estaba ocurriendo. Me he pasado en hacer el imbécil, así que me he levantado y he intentado arreglarlo—. No pasa nada, no te preocupes —he dicho—, los policías somos buenos. ¡Ven, te compro un helado!

Él ha salido pitando hacia donde estaban sus amigos y, después de un breve intercambio de palabras, se han dado a la fuga. Por suerte, nadie se ha dado cuenta del percance.

Pero lo mejor estaba todavía por llegar.

He recogido a mi nieto y nos hemos dirigido hacia el despacho de su madre. Todo el mundo sabe que un viejo y un niño no pueden pasear tranquilamente durante un buen rato sin tener ganas de vaciar la vejiga, así que hemos entrado en un centro comercial y hemos ido al baño. Cada vez que entro en un aseo público doy gracias a Dios por tener un talego colgando entre los muslos. Si fuera mujer, me lo haría encima con tal de no hacer cola. En cualquier caso, he ayudado a Federico y luego le he dicho que me esperara fuera. Si me hubiese visto orinar sentado, muchas de sus convicciones se habrían hecho pedazos de un solo golpe.

El problema es que cuando he vuelto él ya no estaba. He pensado que habría ido hacia la salida, pero me equivocaba. He vuelto a entrar y he preguntado a las señoras que estaban en la cola, pero ninguna había visto al niño. Entonces me ha empezado el sudor frío. Como ya he dicho, la verdad es que no soy capaz de cuidar de mi nieto. A mi edad tendrían que ser los otros los que se ocupasen de mí, no al contrario. En fin, que he inspeccionado todo el lugar antes de ver al niño acariciando tan tranquilo un cachorro de labrador. Me he acercado y, todavía recuperando el aliento, he gritado:

—Federico, ¿qué coño haces? ¡Te había dicho que no te movieras!

Al principio ha intentado no llorar, con la boquita que le temblaba por el esfuerzo de contenerse, pero finalmente se ha deshecho en un mar de lágrimas, desconsolado. Entonces la dueña del perro me ha mirado con aire amenazador y ha comentado:

—¿Qué formas son esas?

—Usted cállese —he replicado—. ¿No se ha dado cuenta de que el niño estaba solo? ¿No ha pensado que, quizá, alguien podría estar buscándolo?

Ha retrocedido y ha contestado:

—Cómo se atreve.

—Me atrevo, me atrevo —he añadido—, ¡y gracias que hoy estoy de buen humor!

He agarrado a Federico por la capucha de la sudadera y le he arrastrado fuera. Durante unos diez minutos no hemos abierto la boca, él ocupado en contener el llanto y yo en digerir mis remordimientos. Sé hacer que una puta se lo pase bien, disfrazarme de general del ejército, mandar callar a un marido que maltrata a su mujer, sacar a un viejo decrépito de su sillón y acoger en casa a quien necesita refugio. Pero no sé hacer de abuelo cariñoso, no soy capaz de dar amor a quien le corresponde.

Eso pensaba mientras caminaba en silencio y eso sigo pensando ahora, sentado en el sofá del despacho de mi hija, con Federico dormido a mi lado y Sveva escribiendo un recurso. La observo y me parece no reconocerla. No entiendo de quién ha podido heredar ese rencor en el que se refugia. Es una persona avinagrada y con aspecto de antipática. No dirigiría ni una mirada a una mujer así. A mí me gustan las curvas abiertas que tomas con el motor a pocas revoluciones. Las curvas cerradas, sin embargo, me molestan, te obligan a bajar de marcha. Mi hija es como un paso alpino, un conjunto de curvas cerradas.

—Mira, me voy —digo para distraer su atención de las amenazas que, supongo, estará vomitando en el teclado.

—Espera, ya casi he terminado. ¿Comemos juntos?

La hemos liado.

—Vale.

Ella vuelve a sus amenazas y yo a observarla. Me pregunto cómo puede pasarse el día entero culpando a la gente de lo que otros han hecho. Aunque quizá para mí sea mejor así. Prefiero que Sveva desahogue sus carencias en un tribunal a que venga a pedirme cuentas a mí.

Me giro hacia mi nieto. Al final le he pedido disculpas, le he dado un beso y le he comprado un Gormiti, un monstruito de unos diez centímetros al que doy las gracias por haberme hecho pasar a un segundo plano. Federico se ha centrado en su nuevo amigo y se ha olvidado rápidamente de tener un abuelo sinvergüenza. No creo haber pedido nunca disculpas ni a Sveva ni a Dante, quizá tampoco a mi mujer. Siempre he creído que las disculpas sirven más para que los que las reciben piensen que tienen razón que para zanjar un tema. Pero cuando eres viejo todo pasa volando y no te puedes permitir el lujo de perder tu precioso tiempo en complicaciones. Por eso ahora pido perdón y tiro para adelante.

—Ya está, he terminado. Vamos —dice de sopetón Sveva, ofreciéndome su brazo.

Aunque parezca raro, sonríe. Me levanto procurando no despertar a Federico. Me gustaría resistirme a sus lisonjas y meterme las manos en los bolsillos, pero ella se ofendería. Explícale tú que un viejo que hace todo lo posible para no parecer mayor se sentiría incluso más viejo agarrándose a su hija. De todas formas, la tortura dura poco, el tiempo que tardamos en recorrer el pasillo por el que Sveva me lleva a la sala de reuniones. Miro a mi alrededor perplejo y pregunto:

—¿No íbamos a salir a comer?

—Claro —responde con la misma sonrisa de hace dos minutos—, comemos aquí.

—¿Aquí?

—Aquí —contesta cortante.

En aquel instante entran dos curritas con dos Din A4 en la mano y los ponen sobre el cristal de la mesa como si fuesen mantelitos. Observo la tan esperada comida: ensalada de atún con maíz y una rebanada de pan integral.

Las chicas se despiden y se van a su pausa. En el despacho solo nos quedamos Sveva, yo y Federico, que duerme feliz en la otra habitación con el Gormiti haciéndole compañía. Afortunado él, me atrevería a decir, mejor un monstruo repugnante que una Sveva acelerada. Creo que el error está en visitar a mi hija únicamente en su lugar de trabajo. A lo mejor fuera es más humana y simpática.

—Así que —dice ella—, ¿qué me cuentas?

Yo ni la escucho. A mis casi ochenta años lo que me faltaba por ver es la comida apoyada encima de un folio.

—¿Por qué comes así? —le pregunto.

—¿Cómo? —dice sorprendida.

—¡De esta forma bárbara!

—¿Qué hay de bárbaro en un poco de ensalada?

—En la ensalada nada, ¡en los folios que usas como mantelitos en una sala de reuniones!

—Te estás volviendo pesado con los años —refunfuña ella, llevándose un bocado a la boca.

En estos momentos le daría con gusto un tortazo. Sus aires de sabelotodo me están sacando de quicio.

—Sveva, ¡deja de tirar tu vida por la borda! Basta ya de pensar únicamente en el trabajo, vete de viaje, tira esos horrorosos trajes de chaqueta que tienes en el armario y ponte algo más juvenil, ¡salva la relación con tu marido!

Ya está, lo he dicho. Me mira fijamente con el tenedor en el aire y el aceite de la ensalada goteando en el plato. Está furiosa, se le nota en los ojos. Cuando se cabrea sus pupilas parecen un arañazo en el iris, como las de los gatos. Y como los gatos, si se siente agredida, saca las uñas.

—¿Cómo te atreves a juzgar mi vida, mi trabajo y mi matrimonio? ¿Quién eres tú para decirme lo que debo y lo que no debo hacer?

Su tono de voz chillón hace temblar el cristal bajo nuestros codos. Yo solito me he estropeado la comida. Podría haber sonreído socarrón, haber hecho algún comentario estúpido y haberme largado. Podría haber vuelto a mi vida, a mi sofá, con Marino, Rossana y las otras cosas inútiles con las que intento llenar el vacío. Sin embargo, he atacado y ahora me toca ponerme el casco para bajar al campo de batalla.

—¿Cómo que quién soy? —replico—. Hasta que se demuestre lo contrario, ¡todavía soy tu padre!

—Pues no, querido, ahora es demasiado fácil. ¡Tenías que ha-

136

bértelo pensado antes si lo que querías era hacer de padre ejemplar que da consejos!

Cuando sabes que no tienes razón, te quedan dos opciones: retirarte a matacaballo o atacar. Elijo la segunda opción. Por lo menos me desahogo.

—¿Qué te ha faltado de mí? ¡Venga, dímelo! A lo mejor tu hermano puede venirme con ese cuento, pero desde luego tú no. Y él no dice nada, ¡la que se queja siempre eres solo tú!

Se esfuerza por recobrar la calma. Se sienta bien, agarra la servilleta y se limpia la boca.

—¿De verdad crees haber sido un buen padre? —pregunta.

—No, no he sido un buen padre. He cometido un montón de errores, pero ¿sabes?, no me parece que tú lo estés haciendo mejor con Federico. Siempre estás en este maldito despacho. Por lo menos yo estaba presente, con mis errores, ¡pero allí estaba!

Ella parece que se va calmando, aunque noto cómo le tiemblan las manos al echarse agua.

—Papá, has hecho un montón de estupideces, aunque después de cuarenta años no querría ponerme a recordar el pasado. Eso sí, al menos me gustaría que fueras coherente, como lo has sido siempre. Si había una virtud que te caracterizaba hasta hace poco, era esta. No nos mostraste el camino que teníamos que seguir, no nos ayudaste a elegir, no nos explicaste cómo funciona el mundo, pero, por lo menos, tampoco nos pediste nada a cambio. Eras honesto, no dabas nada, pero tampoco pedías.

Agacho la cabeza. En eso tiene razón, nunca he pensado que mis hijos me debiesen nada. Caterina sí. Las madres normalmente creen que el amor que dan les tiene que ser devuelto de alguna forma. Es decir, una especie de chantaje.

—Pero últimamente has cambiado, te metes en nuestras vidas, haces juicios de valor, das opiniones, consejos.

Es la vejez, que te empuja a pensar que sabes cómo funciona el mundo solo porque has tenido la suerte de estar en la Tierra más tiempo que los demás. Así es como tendría que haber contestado. Sin embargo, digo algo completamente distinto:

—Es que cuando era joven no me daba cuenta de vuestra infelicidad. Y te aseguro que era mucho mejor así.

—¿Pero quién te ha dicho a ti que somos infelices? ¿Qué bicho te ha picado?

Me fijo en sus ojos: otra vez tiene las pupilas redondas. Mejor así, eso quiere decir que ha guardado las uñas.

—¿Eres feliz, Sveva? —pregunto—. ¿Puedes decir con total seguridad que eres feliz con tu vida?

Ella mira el plato.

—¿Por qué? ¿Hay alguien que pueda afirmar algo así? ¿Tú eres feliz?

—Sí, soy feliz, tanto como puede llegar a serlo un viejo que ha decidido ganarle la batalla a la vida, al menos hasta que se le permita.

—Puede que a tu edad sea más fácil.

Sí, es verdad, solo cuando sabes que no te queda más remedio, te tiras a la piscina. Pase lo que pase.

—Te vi la otra noche —susurro finalmente.

Sé que estoy cometiendo el error de mi vida, pero es el instinto el que me guía. Siempre ha sido así, en las situaciones difíciles él me aparta de un empellón y ocupa mi lugar. Yo le dejo que lo haga, es mucho más cómodo disfrutar de la escena desde fuera.

—¿Dónde?

—Con aquel hombre, cuando salías del despacho.

Se pone roja, agarra el vaso y pega un gran trago. Está pensando qué contestar.

—¿Y qué, dónde está el problema?

—El problema está en que a mí me habías dicho que estabas en casa.

Me mira y no contesta, pero leo en su cara que le gustaría hacerlo, que desearía callarme. Sin embargo, tiene que tragar con la sensación de fracaso de quien no sabe qué decir. Es su trabajo el que la ha hecho así. Yo nunca la enseñé a tener que buscar siempre una razón, más que nada porque sé que muchas veces estas razones no existen y es mejor estar callado.

—Si no es tanto por la mentira que me has colado, es que no te veía capaz de estar con un viejo así. Si hubieras salido del portal con un chico guapo y sonriente, me habría dado la vuelta y puede que hasta te hubiera encubierto en caso de que lo necesitaras. Pero así no, tengo que saber qué ves en aquella antigualla.

Una lágrima atraviesa, al fin, su coraza. Lo siento, cariño, pero para ganar una batalla hay que ser malo. Y en eso, lo sabes, soy un experto.

—¿Qué quieres de mí? ¿Por qué me sigues arruinando la vida? Una y otra, ¡y otra vez más! —grita ella.

Luego se levanta, arroja el vaso contra la pared y se marcha de la habitación.

Me quedo solo y miro a mi alrededor. Las salas de reuniones no me gustan: asépticas, perfectas, inmóviles. Como las reuniones, por otro lado.

Me da que he exagerado, a lo mejor tendría que ir a verla y pedirle disculpas. Quizá debería abrazarla. ¿Hace cuánto que no lo hago? Me gustaría poder volver al instante exacto en el que dejé de abrazarla, a la última vez que ocurrió. Podría avisar a aquel adulto imbécil de que luego Sveva crecerá, y de que él se encontrará viejo y lleno de remordimientos. Afortunadamente, ella vuelve a la sala y se sienta. Aparentemente está calmada, pero el maquillaje corrido de su rostro desvela unas lágrimas vertidas en soledad, a lo mejor en un baño tan aséptico como el lugar donde, en este momento, un padre y una hija han decidido hablar por primera vez.

—Quieres saber qué veo en aquella antigualla, ¿verdad? —Asiento. Tengo la boca seca—. Pues bien, querido papá, en aquella antigualla que, para que nos entendamos, tiene nombre y es Enrico, encuentro todo lo que siempre he estado buscando, ¡lo que ni tú ni Diego habéis sido capaces de darme!

Ya estamos, lo sabía, me lo he buscado yo solito, se lo he puesto en bandeja. Decido no contestar. El camino hacia la beatificación está lleno de dificultades.

—En él he encontrado cariño, pasión, comprensión, refugio, fuerza y seguridad. Desde que él está en mi vida me siento más fuerte y capaz para enfrentarme a todo y a todos. Y sé que si tuviese que caer, él estará allí para sujetarme.

—¿Has terminado? —pregunto. Ella no me mira, pero sé que querría mandarme de nuevo a la mierda. Sin embargo, no contesta. Me toca a mí—. Vale, acepto lo del refugio. Admito no haber sido uno de aquellos padres siempre dispuestos a resolver las vidas de sus hijos, si bien es cierto que las pocas veces que lo he intentado me he tenido que tragar recriminaciones de todo tipo. Acepto también lo de la pasión, sé por propia experiencia que un viejo puede ofrecer todavía mucho desde ese punto de vista. Y paso también lo de la fuerza. Sí, es verdad, nunca he sido un tipo muy fuerte, o al menos eso me gusta pensar. Pero cariño, comprensión y seguridad no, ¡no te las paso!

—¿Cómo puedes seguir todavía haciéndote el gracioso?

—Me sale espontáneo —replico con una sonrisa.

La sonrisa, al contrario que un abrazo, todavía soy capaz de ofrecerla sin titubeos. A Sveva le ofrezco unas cuantas, aunque ella no suele devolverme ninguna. Debería quejarme también yo, pero entiendo que no es el momento.

—Estupendo, continúa comportándote como un idiota. Un viejo de casi ochenta años que se porta como un chaval. ¡Eres patético!

—¡Qué gran palabra!

—Te crees irreprochable, ¿verdad? —pregunta ella—. ¡Te la trae al fresco lo que te diga!

Si al levantarme del sofá hubiera despertado a Federico, ahora no me vería en esta situación. Ahora él estaría aquí e impediría que nos acusásemos mutuamente de nuestros fracasos. Cómo me gustaría ser yo el niño que duerme en la otra habitación. De hecho, si pudiese, elegiría ser incluso un Gormiti, un monstruo que no tiene otra función en la vida más que jugar hasta el infinito.

—No, solo pienso que te gusta hacerte la víctima. Yo he cometido mis errores, tu marido habrá cometido los suyos —aunque conociéndolo la verdad es que no me puedo imaginar qué error tan grave pueda haber cometido—, pero no puedes decir que no hayas recibido cariño y comprensión. El cariño lo has recibido, solo tienes que rebuscar entre tu odio para recordarlo. La comprensión..., no te lo vas a creer, pero la estás recibiendo incluso ahora.

Se suena la nariz. La discusión la ha hundido. Los hijos tienen que hacer un esfuerzo sobrehumano para revelar un secreto a sus padres, sin saber que estos ya lo saben todo y fingen no verlo.

—Piensas que lo sabes todo sobre mí, sobre Dante, incluso sobre mamá —exclama ella después de un corto silencio.

Sigue apretando en la mano el pañuelo empapado de rabia y frustración.

En los platos la ensalada empieza a ponerse mustia, y en breve las dos asistentes estarán de vuelta.

—Intento hacerlo lo mejor que puedo.

—Y sin embargo no sabes una mierda, nunca has sabido una mierda, ¿entiendes? No sabes nada de mí ni de Dante, que hace más de diez años nos confesó a mamá y a mí que es homosexual. ¡Ni siquiera de ella has sabido nunca una mierda!

Noto los labios pegajosos y cómo aumentan los latidos de mi corazón. Caterina sabía que nuestro hijo es gay y no me lo contó nunca, ni en el lecho de muerte. Yo lo habría hecho, por lo menos antes de exhalar el último suspiro. Me miro el brazo y veo mi piel punteada de miles de pequeños bultitos. No sé por qué, pero creo que algo importante está al caer.

—¿Qué es lo que tendría que haber sabido de tu madre? —pregunto finalmente con un hilo de voz y las manos cerradas en puño.

—Déjalo —me dice, levantándose para quitar el mantel. La

agarro instintivamente por la muñeca y la miro fijamente a los ojos. Ella se vuelve a sentar y mira el plato—. Mamá tenía otro. ¡Estuvieron juntos cinco años! —declara, al final, con tono glacial.

Si te llega un puñetazo en la cara, lo primero que haces es tocarte el rostro. Es un gesto instintivo, el cuerpo quiere comprobar que todo esté bien, si la mandíbula ha sido dañada, si te falta algún diente. Así que la primera reacción a las palabras de Sveva es llevarme las manos a la cara y masajearme la mandíbula, como si realmente alguien me hubiera dado un guantazo. La sensación es la misma, me siento atontado; y si hubiese vino sobre esta mesa de cristal que pesa dos quintales, me lo ventilaría a morro.

Ante mi silencio, Sveva continúa.

—¿No dices nada? —No me queda saliva para hablar—. ¿Has entendido lo que he dicho?

—¿Lo has sabido desde el principio? —consigo por fin preguntar con voz ronca.

—Sí.

—Y nunca me lo contaste.

—Bueno, si es por eso, ¡tampoco le conté a mamá tus aventuras!

—Exacto, tú lo has dicho: aventuras. ¡Aquí estamos hablando de una relación de cinco años!

—No tenía valor para dejarte. Te quería.

—¡A la mierda! —grito, levantándome de golpe.

De repente, por primera vez en mi vida, me siento realmente enfadado con mi familia. Con Caterina, que me tomó el pelo mucho mejor de lo que lo hice yo con ella, pero sobre todo con Sveva. Y con Dante.

—¿Dante también lo sabe?

—Mamá no se lo dijo nunca, pero creo que él a partir de cierto momento lo entendió.

—¿Cuánto hace que ocurrió?

—Lo dejó poco antes de ponerse enferma. Una noche me dijo que había decidido que quería pasar contigo la vejez.

—¡Qué maja! ¡Los mejores años con el amante y la vejez conmigo!

—Ni se te ocurra hablar mal de mamá. ¡Ella al menos intentó amarte toda su vida! ¿Qué se supone que tendría que haber hecho, pasar su tiempo con un hombre que ni la miraba? Además, ella, al contrario que tú, no tuvo vejez. Si quieres enfadarte con mamá, ¡no lo hagas delante de mí!

Ya no sé qué decir, estoy confuso y tengo la sensación de no poder respirar, así que me dirijo hacia la salida. Mi nieto, que se ha debido despertar con la bronca, viene hacia mí con el famoso Gormiti en la mano, al que tanto envidio. Me mira con carita de sueño y hace señas para que lo coja en brazos. Lo cojo y le doy un beso. En este momento me parece el único miembro auténtico de la familia. Cuando me giro, Sveva sigue sentada.

—¿Dónde está él ahora? —pregunto seco.

—Murió el año pasado.

Siento cómo me late la sangre en la sien y cómo el calor tiñe mis mejillas. Me despido de Federico, abro la puerta y llamo el ascensor. Sveva aparece en la entrada con su hijo en brazos y los ojos empañados. Mientras espero que el ascensor llegue para salvarme, me llevo instintivamente las manos a la garganta en un intento desesperado de que entre algo de aire.

Tengo que irme de aquí, necesito respirar, caminar, reflexionar, perdonar.

—¿Cómo no he podido darme cuenta de nada?

—Papá, tú ni la veías. Nosotros éramos invisibles para ti.

Nos miramos durante un buen rato. Luego, justo antes de que sus lágrimas se conviertan en las mías, me meto en la cabina y pulso el botón. Una vez en la calle comprendo algo: si te equivocas en la siembra, no esperes una gran cosecha.

# LA SEGUNDA DE TRES MUJERES INALCANZABLES

Pensamos que la vida nunca se va a acabar, y que al doblar la esquina siempre habrá algo nuevo que lo cambiará todo. Es una especie de autoengaño que nos hacemos para no enfadarnos demasiado por nuestros fracasos, por una oportunidad perdida, por un tren que hemos dejado escapar. Yo, por ejemplo, me he tirado cuarenta años esperando volver a acercarme a Daria, aquel flechazo de juventud que me atravesó después de pasarnos una noche entera hablando de política en un viejo sótano donde quedábamos nosotros, los jóvenes, con la idea «malsana» de cambiar el mundo.

El encuentro no sirvió para cambiar el mundo, pero sí nuestras vidas. Por aquel entonces yo era un chico con un montón de ideas y con la autoestima muy alta, cosa que, para ser sincero, no he perdido con los años. Gracias a esta autoestima logré conquistar la confianza de Daria, una mujer con la cabeza muy bien amueblada y una familia un poco esnob. Ella era más culta y elegante que yo, pero le faltaba una cualidad esencial que yo, sin embargo, sí que tenía: seguridad. Escribía cuentos y estaba terminando una novela que hablaba de un grupo de chicos que luchaba para hacer de Italia un país mejor, una especie de autobiografía. Evidentemente, ni la idea era original ni estaba escrita de manera magistral, pero la animé a creer en sí misma y a terminar la novela cuanto antes.

Dicen que solo el verdadero amor tiene la fuerza necesaria para cambiar el rumbo de la gente. El mío, después de conocer a Daria, cambió considerablemente. Fue ella quien me convenció para que aceptara el trabajo en la oficina Volpe, donde luego encontraría a Caterina. Debería darle las gracias por todo lo que ocurrió después. O quizá culparla.

En cualquier caso, Daria me prestó algo de su sentido común, y yo a cambio le di mi incansable optimismo y entusiasmo, dos cualidades que, al contrario que la autoestima, sí que he perdido con los años. De aquellos meses que pasamos juntos guardo el recuerdo de su sonora y contagiosa risa, de sus fríos y pequeños dedos que se dejaban atrapar con facilidad, de su perfume de mandarina que todavía podía oler en mi ropa por la noche. Éramos felices pero, no sé por qué, nunca nos besamos. Quizá porque estábamos convencidos de que podríamos hacerlo en cualquier momento o porque estábamos deseosos de alargar la agradable espera. Al fin de cuentas estábamos pasando por lo mejor de la relación, la fase que precede al contacto, cuando basta rozar la piel del otro para sentir los latidos de su corazón.

Daria terminó rápidamente su obra y empezó a buscar editor. Recuerdo cómo después de los primeros rechazos me confesó que iba a renunciar, y cómo yo intenté convencerla durante días para que no se apartase de su camino y no se dejase vencer por las dificultades. Si lo pienso hoy día me hace gracia, pero le repetía simplemente lo que me decía a mí mismo cada noche en la cama: que no tenía que dejar de desear una vida diferente, seguir persiguiendo sueños, no bajarme en la primera parada aunque pareciera lo más cómodo. La diferencia entre ella y yo, por desgracia, es que Daria fue la única que se creyó realmente mis palabras, la única que lo intentó de verdad.

En unos meses encontró un editor dispuesto a publicarle la novela. Lo irónico de todo esto es que cuando salió el libro nosotros ya no estábamos juntos. Recuerdo que compré una copia y la releí en una noche. A la mañana siguiente estaba definitivamente convencido de que el libro no valía nada. Lo mismo que nuestra historia, por otro lado.

Todo ocurrió así. Una noche ella se quedó bebiendo una cerveza con su ex. Yo seguía siendo solo un amigo, pero a pesar de ello no conseguí camuflar la decepción. Y eso que, entre otras cosas, estábamos al inicio de una época en la que si te mostrabas celoso, te consideraban un retrógrado fascista. El hecho es que me di cuenta de que yo todavía era muy retrógrado y me alejé de ella, esperando que Daria viniera a buscarme. Por desgracia no fue así, y quince días después yo estaba saliendo con una chica de la que no recuerdo ni el nombre, una que fumaba mucho y dibujaba cómics. Daria sufrió por mi imprevisto e incomprensible alejamiento, y no me perdonó, ni siquiera cuando dejé a la fumadora empedernida de dedos amarillos y volví a su lado. Entonces, otro de mis sentimientos conservadores, el honor, me impidió insistir. Me despedí de ella y volví a mi vida, al cortejo incansable de Caterina, aunque por la noche no pudiera dormir por mi lejanía con Daria.

En los meses siguientes nos cruzamos varias veces, pero ninguno de los dos tuvo el valor de tomar la iniciativa. Hasta que llegó el día en que ella se comprometió con el que luego habría de ser su marido.

Ya, si yo aquel día hubiese sospechado que el individuo con tupé a lo Elvis Presley sería el último hombre en su vida, habría puesto de lado mis sentimientos conservadores y habría luchado por ella. Sin embargo, pensé que tarde o temprano acabaríamos juntos. Lo he creído durante cuarenta años. Ni el matrimonio de ambos ni sus hijos ni los míos me han hecho abandonar la idea base de que, aunque solo fuese por una noche, nuestros cuerpos se unirían.

Cada vez que la encontraba en el parque, en el metro, en el cine, en un café o en la presentación de alguno de sus libros, hubieran pasado tres meses o dos años, la saludaba con cariño y me alejaba pensando que al final sería mía.

Está claro que si afirmase que todavía sigo enamorado de Daria, estaría mintiendo. El amor se esfuma con el tiempo, como los colores de una fotografía, pero afortunadamente quedan los contornos para recordar lo que fue. Durante cuarenta años no he amado a Daria, he amado la idea de poder volver a amarla. Ella me ha dado la oportunidad de pensar que siempre hay una oportunidad, que las cosas que deseas pasan realmente, solo hay que saber esperar.

Un día, hace siete años, salió su último libro. Yo ni lo sabía, cuando me la encontré por casualidad en una farmacia. Caterina ya estaba enferma y Daria había salido de mi pensamiento desde hacía años. Ella me dijo que en aquella novela había algo que me concernía. Al día siguiente fui a la librería y la compré. En la segunda página encontré la dedicatoria: *Para Cesare, mi inalcanzable amor, por su valor, por su pasión hacia la vida. Con gratitud.*

Tuve que esconderme en el baño de la librería para ocultar al mundo mis lágrimas. Pasé la noche absorbido por la novela, la historia de dos enamorados que se miran desde lejos durante toda la vida. Al final metí el volumen en el cajón del escritorio y me quedé dos horas mirando la pantalla apagada de la televisión. Tardé unos días en volver a la cotidianidad de la enfermedad de Caterina y de mis últimos días de trabajo. En aquellas páginas me había topado con un Cesare diferente, casi un desconocido. Gracias a Daria había podido verme desde una perspectiva nueva, la suya. Los libros pueden también hacer esto.

Tenía que dar con ella a toda costa. Me prometí escribirle, luego buscar su número y llamarla, invitarla a cenar, enviarle un ramo de flores. Pero una vez más caí en el mismo error, creer que disponía de un montón de tiempo. Ni siquiera su gran gesto de amor me dio el empujón necesario para hacer lo correcto. Cuarenta años no me bastaron para entender. Cuando lo logré, ya era demasiado tarde.

Conseguí su número de teléfono a través de un amigo común y durante un mes tuve en las manos el papelito con aquellas cifras

anónimas escritas a bolígrafo. Me faltaba valor. Al final, una mañana, abrí el periódico y descubrí que había muerto de un ictus.

Te pasas la vida creyendo que un día ocurrirá aquello que estabas esperando, para luego darte cuenta de que la realidad es mucho
menos romántica de lo que pensabas. Es verdad, los sueños a veces
llaman a tu puerta, pero solo si te has molestado en invitarlos. Si
no, puedes tener por seguro que la noche la pasarás solo.

## UN TRASTERO LLENO DE RECUERDOS

El teléfono suena sin parar desde hace un minuto. Estoy tumbado en el sofá y no tengo ganas de levantarme para contestar. Si estuviese Caterina a mi lado lo haría ella después de haber resoplado y maldecido al ver mi sonrisa bribona. Pero ella no está, estoy solo, realmente solo, puede que por primera vez en mi vida. Tengo que ser sincero, creía saber aguantar mejor los golpes de la vida. En la vejez entiendes que hay pocas cosas por las que cabrearse de verdad. La traición y el desprecio de tu familia pueden contarse, con razón, entre ellas.

Llevo dos días encerrado en casa, todo un récord para mí. Me gustaría salir, más que nada porque empieza a faltarme el aire. No sé cómo hace Marino para ver pasar los días únicamente desde la perspectiva de su salón. Y sin embargo hay algo que me retiene, una vocecita que me hace compañía desde que terminé la sublime charla con mi hija, y que me repite una y otra vez la última y delicada frase de Sveva: «Nosotros éramos invisibles para ti».

No debería haber huido, tendría que haber pasado el día allí con ella en aquella maldita sala de reuniones; también la noche si hubiese hecho falta, aunque fuese tumbado en una alfombra con los folios como manta. Habría tenido que pedir explicaciones de todo, de cada pequeño detalle de la relación de Caterina y de la vida que me ocultaba. Habría podido, de una vez por todas, escuchar a Sveva hasta el final. Pero setenta y siete años son demasiados para cambiar. Si hubiese querido hacerlo de verdad, seguro que no habría esperado a llegar a la parte menos interesante de mi existencia.

Cuando salí del despacho de mi hija estaba furioso, me sentía humillado y traicionado. Y sobre aquella ira he intentado edificar mis días después del bofetón que me llevé. Lo que pasa es que en determinado momento también ella, la ira, me ha dado la espalda, cansada de pasar el rato con un viejo que se tambaleaba del sofá a la cocina; y se ha ido volando en cuanto he abierto la ventana. Entonces me he quedado solo, incluso sin el gato hipócrita para hacerme compañía.

Creemos no necesitar a nadie hasta que nos damos cuenta de que estamos solos. Cuando esto ocurre, es un jaleo. Yo tengo a mis hijos, pero es como si no los tuviera. Y la culpa no es de ellos, ni tampoco de Caterina. Sentir celos por una persona que ya no está es de tontos, pero así es. Qué extraño, mi mujer consigue llamar más mi atención muerta que cuando estaba viva. Recuerdo que una noche, en la cama, me preguntó: «¿Qué harías si mañana me fuera?».

Estaba demasiado absorbido por el libro que estaba leyendo como para entablar una discusión medio seria sobre una crisis que acarreábamos desde siempre. Así que contesté: «Dormiría sin necesidad de tapones en los oídos».

Ella roncaba, y fuerte. De joven piensas que roncar sea una cosa típica de los abuelos, que tu mujer siempre dormirá como un angelito entre perfumados pétalos de rosa. Luego te das cuenta de que llegada a una cierta edad, ella también empieza a roncar como una cerda, y es justo en ese momento en el que entiendes que la juventud se te ha ido para siempre. De todas formas, ella se giró y apagó la luz. Fue la única vez que hablamos de nuestra crisis. O mejor dicho, que habló. O mejor dicho, que lo intentó.

Me levanto y voy al trastero, un pequeño cuarto de un metro cuadrado lleno de cachivaches que no ya no le sirven a nadie. Los trasteros son lugares hostiles, donde se respira una rara melancolía. Los objetos que apartamos no son más que recuerdos apartados, que queremos guardar, pero sin necesidad de tenerlos por medio. Por eso, cuando una tarde cualquiera abres la puerta del trastero, parece como si todos aquellos recuerdos se te estuviesen cayendo encima de la cabeza del dolor que sientes.

Abro una caja y empiezo a hurgar entre viejas fotos: viajes, bodas, graduaciones, cumpleaños, cenas, Nocheviejas y Navidades. Ojalá hubiese aquí dentro fotos de días normales. Nada. Y sin embargo yo solo me acuerdo de cuando me levantaba, me afeitaba, me vestía, desayunaba, luego acompañaba a Sveva al cole y, después de un día de trabajo, volvía a casa, besaba a mi mujer, cenaba, metía a los niños en la cama y me tiraba en el sofá con Caterina. No me he quedado con nada de todas aquellas fiestas, solo con imágenes desteñidas. En una se ve a Sveva que se ríe, le falta un diente. Yo también sonrío y el sonido de su risa parece resonar en el silencio de la casa, como el crujido de las fotos entre mis manos.

Caterina era realmente guapa y siempre estaba alegre. A pesar de eso, con el paso de los años, su sonrisa va desapareciendo de las fotos, remplazada por una mirada seria, luego triste y finalmente resignada. Creo que Caterina habría envejecido mal. Si la madurez le había robado la sonrisa, la vejez se habría quedado con el brillo de sus ojos. En mi caso, sin embargo, parece que el paso del tiempo no haya conseguido dejar huella. Es porque yo tengo la piel dura, mientras que la de mi mujer, sin embargo, era suave y acogedora, un poco como el sillón de Marino, que guarda su forma. Caterina guardaba los golpes de la vida y se dejaba amoldar por ellos.

Me llevo la mano temblorosa a la cara intentando descubrir en una imagen descolorida de hace muchos años lo que no conseguí ver entonces: si ella era feliz con su vida secreta, enamorada y estúpida como solo una jovencita lo puede estar, si pensaba que él fuese mejor que yo. Pero la foto no puede revelarme todas estas cosas, así que la dejo caer en el suelo y miro a mi alrededor.

Unos largos mechones rubios sobresalen de una caja. Tiro de ellos y saco una Barbie, la muñeca preferida de Sveva. En efecto, sigue aquí, en mi trastero, no en el suyo. Los padres se encariñan con los juguetes favoritos de sus hijos cuando estos se hacen mayores. Pero no encuentro nada de Dante, quizá porque no sé cuáles eran sus juguetes preferidos. No sé nada de él, solo que le gustan los hombres. Y a pesar de eso, nunca me ha echado nada en cara.

—Qué gran actriz has sido —oigo proferir a mis labios—. Si no eras feliz conmigo, ¡podías habérmelo dicho! —Ya, pero no la escuchaba—. Lo sé, pero tú tenías que insistir, cogerme del brazo, darme una torta, tirar el plato de sopa al suelo. ¡Tenías que llamar mi atención!

Nadie contesta, pero si los objetos pudieran hablar, me tildarían de sinvergüenza.

—¿Por qué demonios no me diste una bofetada? —grito al trastero—. Por qué no me arañaste o me insultaste, ¿por qué?

Las lágrimas se deslizan por mis mejillas y se meten por mi boca desencajada. Pero aun así, el sabor a sal en mi lengua no le quita amargura al momento.

—No es justo —continúo—, ¡no me has dado ni la satisfacción de echarte en cara mi rabia! Me lo tenías que haber dicho, aunque fuera al final, ¡pero tenías que haberlo hecho!

No, realmente no me debía nada. Yo nunca le conté nada.

—Podías enfrentarte conmigo y sin embargo aprendiste a evitarme —susurro—, y se lo enseñaste también a nuestros hijos.

Suena de nuevo el teléfono. Me seco la nariz y voy a contestar. Es Dante. No me apetece hablar, pero a pesar de ello intento modular la voz para ocultar el llanto.

—¿Diga?

—Papá, ¿qué es de tu vida?

—¿Cómo que qué es de mi vida?

—Llevo llamándote desde hace dos horas, pensaba que te habías puesto malo.

Mi hijo tiene una vaga tendencia a dramatizar.

—¿Pero qué dices? Estaba colocando un poco el trastero.

—Oye, si quieres seguir viviendo solo, tienes que llevar el teléfono contigo; si no vas a hacer que nos dé un ataque.

—No te preocupes, no creo que Sveva se complique tanto la vida.

—¿Por qué dices eso?

Su voz es tan aguda que me veo obligado a apartar el auricular. Hasta por teléfono me parece estar hablando con uno de esos peluqueros a los que les gustaría sentarse en el lugar de sus clientas.

—Por nada, hemos tenido un pequeño altercado.

—¿Otra vez? ¿Queréis dejar de una vez de pelearos? Os pasáis todo el rato discutiendo para al final estar siempre juntos.

—Ya, pero esta vez el altercado ha dejado más secuelas.

—Anda ya. Pero bueno, yo te llamaba para invitarte a cenar el sábado. Quiero presentarte a una persona muy especial. A lo mejor se lo digo también a Sveva, así hacéis las paces y dejáis de portaros como niños.

—¿Una persona importante?

—Sí, pero no preguntes. Ya te lo explicaré.

Caray, Dante ha decidido confesar. ¿Me querrá presentar a su novio? No sé si prefiero que sea el pintor u otro. De todas formas, estaba deseando que encontrase las fuerzas para decirme la verdad y, ahora que está a punto de hacerlo, me doy cuenta de que no estoy preparado.

—¿Estás resfriado? —pregunta.

—No, ¿por qué?

—Te noto la voz rara.

—Serán las interferencias del teléfono.

—Vale. Nos vemos el sábado.

Cuelgo y vuelvo al trastero, cojo las fotos del suelo y las vuelvo a meter en la caja. Luego cojo la Barbie, justo en el momento en que llaman a la puerta. Durante dos días no he visto ni una mosca, y ahora de repente parece que todos se han acordado de mí. Voy a abrir y me encuentro con Emma, que sonríe y lleva en la mano una bolsa que agita delante de mis narices.

—Hola, Cesare —empieza —. Acabo de coger un pollo asado con patatas y una botella de vino. ¿Puedo entrar?

Si no fuese por el vino, creo que me inventaría una excusa. No es la mejor noche para apoyar a una persona que tiene más problemas que yo, pero me doy cuenta de que tengo hambre y el olor del pollo me anima a dejar entrar a mi vecina. Me echo a un lado y la dejo pasar. No hace falta que se lo diga dos veces, y se lanza por el pasillo dejando un agradable olor a comida tras de sí. Siguiendo este olor acabo en la cocina y encuentro a Emma desenvolviendo el pollo.

—¡Esto parece un velatorio! —exclama sin mirarme—. ¿Por qué no enciendes la luz?

Parece estar de buen humor. La última vez fui yo el que compartió humor con ella, esta vez podría ser al revés. Apenas termino la tarea que me había asignado, Emma vuelve con otra pregunta:

—¿Qué haces con una Barbie?

Solo entonces miro mi mano y me doy cuenta de que sigo sujetando la muñeca.

—Era la muñeca preferida de mi hija —replico, apoyando el juguete en el aparador que tengo al lado.

—¿Y la has guardado? ¡Qué bonito!

Tendría que decirle la verdad, que la Barbie la guardó Caterina, que yo no soy el tipo de persona que coge cariño a las cosas, que ya me cuesta con las personas. Sin embargo, me quedo callado, un poco porque, ahora que puedo, quiero hacerme pasar por un padre atento; y un poco también porque al volver a fijarme en el minipibón de pelo satinado que tengo en la mano, siento algo de cariño por ella.

—¿Qué has hecho, has llorado? —interrumpe mi pensamiento Emma.

A esta santa muchacha no se le escapa una, en eso es incluso peor que Sveva. Debería ser abogada, quizá podría hablarlo con mi hija.

—¡Qué va, nada de llantos, estoy resfriado!

Ella me mira un instante y esboza una sonrisa contagiosa, así que me veo obligado a darme la vuelta y a coger dos vasos de la alacena para que no me descubra.

—Todavía no te he dado las gracias por el mantel —digo—. Fue un bonito detalle.

—Por favor —replica—, soy yo la que tiene que darte las gracias.

Me giro y me encuentro con sus profundos ojos.

—Sé que el otro día en el hospital no fue fácil para ti, pero te agradezco que respetaras mi decisión.

Es raro oír a alguien agradecerme algo, no estoy acostumbrado. Si te dicen repetidas veces que has sido un inútil, al final te convences de no poder ser otra cosa más que un inútil.

—El pómulo ya no está hinchado —digo incómodo.

—Sí, afortunadamente.

Me guiña un ojo.

—¿Qué tal el brazo?

—Mejor —contesta, levantando el codo para enseñarme el vendaje—, ahora ya hasta lo puedo mover.

Hoy Emma me parece incluso más guapa, a lo mejor porque su rostro está acompañado por una expresión de alegría hasta ahora nueva para mí. En pocas personas podemos observar la alegría, la desesperación, la rabia, el sufrimiento, el goce o la euforia pintados en su cara. Con el resto de la gente tenemos que conformarnos con la única máscara visible. Quizá Emma haya decidido fiarse de este viejo solitario y antipático, y mostrarle aquella pizca de alegría que todavía brilla de vez en cuando en sus ojos.

Por eso sonrío contento y pongo la mesa mientras ella desenvuelve el pollo. La cocina está impregnada del olor de las patatas y de la carne; y de repente me doy cuenta de que durante las últimas cuarenta y ocho horas solo me he alimentado con una latita de carne Simmenthal, una naranja, un paquete de *crackers* y una botella de vino.

—¿Él no está? —pregunto de golpe.

Ella se pone seria.

—No, afortunadamente.

Me esfuerzo en hacerlo lo mejor que puedo, termino de poner la mesa con cuidado y luego le paso los platos. Cuando nos sentamos, parecemos un padre y una hija que están tranquilamente cenando, y no dos almas solitarias que intentan capear el temporal como pueden.

No sé por qué, le hablo de Caterina.

—Mi mujer tenía un amante. —Ella levanta la mirada del plato—. Lo he descubierto hace poco, me lo ha dicho mi hija.

—¿Nunca te habías dado cuenta?

—No. O a lo mejor sí y fingía no verlo.

No sé qué vínculo se ha establecido entre nosotros, por qué motivo me entran ganas de contar mis asuntos privados a una mujer que apenas conozco. Tampoco entiendo por qué a ella le gusta pasar el rato conmigo.

—Desde fuera me parecías un hombre más feliz —comenta.

Claro, las cosas interesantes de una persona están todas en el exterior. Dentro solo hay vísceras, sangre y arrepentimiento. Nada realmente atractivo.

—Soy feliz o, por lo menos, lucho cada día por serlo.

—Qué suerte, a mí me parece que hago exactamente lo contrario.

Estoy concentrado en descarnar una alita del pollo, cuando entra Belcebú, que se ha colado por la rendija de la ventana que suele estar entornada.

—Anda, mira quién viene por aquí, ¡el oportunista! —exclamo en cuanto veo aparecer su morro por la puerta de la cocina.

Durante dos días ha estado desaparecido, ocupado en seguir a saber qué rastro. Y ahora que hay un pollo listo para ser devorado, vuelve a aparecer. Emma le acerca un trozo, él lo atrapa con un rápido movimiento de cuello y se lo traga en medio segundo. Después se dedica a frotarse con fuerza contra las piernas de su nueva sirena. A mí ni se me acerca, porque sabe que se ha portado mal y no quiere aprovecharse demasiado de la situación.

—He decidido huir —dice Emma de golpe.

—¡Entonces no es verdad que haces todo lo posible para no ser feliz! ¿Y adónde irás?

—Lejos de aquí, puede que al norte, a casa de una vieja amiga. En cualquier caso, lejos de él.

—¿Y el niño?

—Lo sabrá cuando me encuentre lejos.

Me ventilo el vaso de vino de un solo trago. Creo que la vida tiene que ser mujer: cuando quiere poner en evidencia uno de tus errores, no se anda con muchos rodeos. El hecho de que mi mujer me mintiera durante todo ese tiempo y que Sveva siga cabreada conmigo, no me parece ahora nada comparado con el problema insuperable de Emma. Hay que aprender cuanto antes a observar la vida de los demás para así no soltar pestes injustamente sobre la nuestra.

Si no hubiera un hijo de por medio, todo sería más fácil. Sin embargo, él no aceptará la situación. Decido decir lo que pienso.

—Si de verdad quieres librarte de él, deberías tomar seriamente en consideración la posibilidad de abortar. —Ella me mira fijamente y yo aguanto su mirada. Lo siento Emma, el viejo bribón que tienes delante ha decidido no sonreír socarrón y mirar hacia otro lado—. Si está su hijo de por medio, no te dejará nunca en paz.

Ella agacha la cabeza. Estoy listo para un arrebato de ira o para que se levante y se marche, pero no hace ni una cosa ni la otra: coge a Belcebú del cogote y se lo sube en el regazo.

—Tienes razón —comenta mientras le acaricia el cuello—, eso sería lo correcto.

—No, correcto no, yo hablaría más bien de sentido común. Solo renunciando al niño puedes realmente esperar alejarte de él.

Belcebú empieza a ronronear y capta mi atención. Desde hace un tiempo me doy cuenta de que envidio a las criaturas más absurdas, como monstruos y gatos. En resumen, cualquier tipo de ser que tenga un nivel de responsabilidad igual a cero.

—Lo sé, ¡pero no destruiré lo único bueno de mi vida!

—Haces bien, pero yo tenía que decírtelo.

Intentad fisgar en las vidas de los otros; echad un vistazo a sus deseos nunca realizados, a sus remordimientos, a sus carencias, a sus errores. Entre ellos nunca encontraréis los hijos.

—Me gustaría conocer a tu familia —dice ella.

Es capaz de saltar de un tema a otro como un rayo.

—Ellos no vienen por aquí —contesto rápidamente.

—¿Por qué?

—Ya sabes, esta era la casa de su madre, demasiados recuerdos.

—¿Y tú?

—Yo me sé apañar bien con los recuerdos, basta con encerrarlos en el trastero.

Emma se ríe con ganas y, una vez más, me atrapa con su belleza. Mientras esto sucede, me pregunto por qué tiene que estar pasando el rato en la triste cocina de un viejo, en lugar de ahí fuera, en el mundo. Por qué existe gente que cree poseer a otra gente.

—Eres demasiado guapa para pasar el resto de tu vida con un tipo así —afirmo de sopetón.

Ella se pone seria y se sonroja antes de contestar:

—Él piensa que soy de su propiedad. Está tan seguro de ello, que hasta me había convencido a mí.

Sacudo la cabeza.

—Nadie es de nadie, Emma.

—Sí, ahora lo sé. —Belcebú se desliza silencioso y se va al salón. A lo mejor vuelve con la loca de los gatos. Total, ya ha conseguido lo que quería. Emma se levanta y dice—: Tengo que pedirte un favor.

—Dime.

Coge el bolso que había apoyado un poco más allá y abre la cremallera.

—Pero me tienes que prometer que no me tomarás por loca. Lo sé, es absurdo, pero cuando los he visto no he podido resistirme. —Saca un par de bodis para bebés, un rosa y otro azul, y me los enseña satisfecha con una sonrisa en los labios. Me dan ganas de sonreír a mí también y estoy a punto de replicar, pero ella me para—. No, no digas nada, por favor. ¿Los puedes guardar? No sabría dónde esconderlos. Me los devolverás cuando sea oportuno.

Si estuviera Marino conmigo, empezaría a quejarse largo y tendido sobre el hecho de que me dejo llevar demasiado por este tema; que, a fin de cuentas, no puedo hacer nada por ella y que mi comportamiento es un poco peligroso. Pero no he escuchado a Marino en mi vida, ¿por qué debería empezar a hacerlo ahora? Asiento y cojo los bodis. Debería echar cuentas rápidamente, pero creo que no toco una prenda de este tipo desde hace casi medio siglo. De hecho, cuando había que cambiar a Federico o dormirle con una nana, yo siempre estaba listo para desaparecer.

—Vale, te los guardaré yo —contesto, apoyando los bodis en el respaldo de la silla que tengo al lado.

—Gracias —contesta ella satisfecha, acercándome la mano y esperando que yo haga lo mismo. Sin embargo, yo me quedo allí, dudoso, como un hombre en la orilla antes de meterse en el agua. Querida Emma, si fuese sencillo para mí corresponder un gesto de cariño, no tendría una hija que me odia y un hijo que me teme. Y sobre todo, no habría descubierto que mi mujer llevaba otra vida. Pero es todo demasiado difícil de explicar. Afortunadamente, ella es más cabezota que mis debilidades, así que da un paso hacia mí y me abraza. Si yo hubiese correspondido al gesto, lo habría resuelto con un simple apretón de mano. Ahora, en lugar de eso, me toca abrazar a esta bendita chica que, entre todos los lugares que hay en el mundo, ha elegido justo la casa de al lado para venirse a vivir. Te tienen que enseñar desde niño cómo se abraza, si no después se hace todo terriblemente más complicado.

Cuando nos soltamos Emma parece satisfecha. Yo, en cambio, estoy empapado de sudor. Mira tú si a mis años tenía que añadir otro ser al triste listado de personas por las que me preocupo. Siempre he procurado tener este listado bajo control para que no aumentara demasiado. Cuantas más personas quieres, menos dolores evitas. Es por eso también por lo que nunca he tenido un perro, porque sé que se habría colocado rápidamente entre los primeros puestos.

—Ahora es mejor que vuelva a casa —dice ella.

La escolto por el pasillo con la mirada. Cuando se va, el silencio vuelve a hacerme compañía y el piso me parece incluso más vacío que antes. Cojo los bodis que están apoyados en la silla. Luego me dirijo hacia el trastero, que sigue abierto.

—Con todos los recuerdos que guardas, también puedes guardar el sueño de una chica que no tiene sitio para sueños —digo, metiendo la ropita en una vieja caja.

Luego cierro la puerta y voy a llamar a Rossana.

# UN PITIDO EN EL OÍDO

Nunca hay una única manera de enfrentarse a las cosas. Yo, por ejemplo, he decidido presentarme en casa de mi hijo con Rossana. Dante me da una sorpresa a mí y yo una a él. Ella me ha dicho que estaba disponible, como no podía ser de otra forma después de que el otro día la informara de que hay muchas posibilidades de que su hijo sea readmitido en el trabajo. En realidad yo no tengo ningún mérito, he ido donde Sveva y le he explicado el problema, como si nunca hubiera pasado nada entre nosotros. Ella me ha seguido el juego, me ha escuchado como habría hecho con cualquier otro cliente, y ha concluido, palabras textuales: «No te preocupes, ¡ese delincuente pagará hasta el último céntimo!».

Vamos, que he usado a Rossana como pretexto para volver a acercarme a mi hija. Necesitaba algo para poder presentarme ante ella sin tener que volver por fuerza al mismo tema. He hecho bien, Sveva se ha entusiasmado tanto que incluso se ha olvidado de preguntarme sobre Rossana. En cualquier caso, lo descubrirá esta noche.

—¿Estás nervioso? —pregunta mi acompañante mientras estamos a punto de llamar al timbre.

—Un poco —me limito a contestar.

En realidad estoy muy tenso, y no tanto porque, con toda probabilidad, mi hijo esta noche me pondrá al día sobre algo que el resto de la familia conoce desde hace unos diez años, sino porque me tocará fingir que soy quien no soy, un hombre cordial y simpático. La simpatía está demasiado sobrevalorada y, a veces, sirve para tapar un montón de cosas podridas. Pero el mundo funciona así, y si te has molestado en tener dos hijos, tienes que aprender a ocultar en su presencia aburrimiento, dolor y depresión. A no ser que quieras convertirlos en infelices.

Dante se ha comprado una casa en Chiaia, en una plazoleta que hay al final de una calle estrecha y curva. Es un piso elegante en un edificio antiguo, con muros gruesos que, estos sí, te aíslan de los vecinos. Pero, desgraciadamente, está también en un cuarto piso sin ascensor. De hecho, muchos de estos pequeños palacetes no tienen espacio para una cabina de ascensor. Por eso me toca trepar y sudar la denominada gota gorda para que mi hijo me diga a la cara que es gay.

Él nos espera en el rellano con una gran sonrisa. Me pregunto de quién habrá heredado su excesivo buen humor, si por casualidad no habré sido yo el que le ha traspasado todas mis reservas. Al minuto ya se ha presentado a Rossana, a pesar de que es la primera vez desde la muerte de Caterina que me ve con una mujer a mi lado. Igual que Sveva, por otro lado.

Me lo he pensado mucho antes de dar este paso. Al fin y al cabo, en los últimos tiempos no me ha preocupado demasiado lo que pudieran pensar los demás. No debo permitir que el mundo me estropee mis últimos días de vacaciones.

Así que aquí estamos, en casa de mi hijo –que me parece tan desconocida como él–, en un salón decorado con gusto, donde todas las cosas están donde les corresponde; incluso un sofá bajo como un perro salchicha, que si cometo el error de sentarme en él, luego tendremos que llamar a la grúa para levantarme. Bastaría eso para entender que Dante se parece muy poco a mí. Yo no he tenido nunca una casa en la que los objetos estuvieran en su sitio, tampoco un salón decorado con gusto. Siempre he delegado en los demás, hasta el punto de que era mi mujer la que decidía.

En la cadena suena música *jazz*; el aire huele a incienso; y si hubiese un riachuelo fluyendo en medio de la casa, no le vería nada raro. En las paredes hay cuadros, grabados, arte digital, esculturas e instalaciones. Una de estas últimas ocupa el centro de la habitación, con hilos de aluminio que van desde el suelo al techo, y un hombrecillo blanco de papel maché colgando de cada cable. Me pierdo en aquel enredo hasta que mi hijo me agarra del brazo y me lleva a la cocina, invadida por el aroma a jengibre y almendras, y por la presencia de Sveva y Leo Perotti, el artista simpático que me saluda como si fuéramos dos grandes amigos que se vuelven a ver después de muchos años.

Rossana está sonriente y cordial, estrecha manos, mira a su alrededor fascinada, parece divertirse. De hecho, en determinado momento, suelta la siguiente frase: «¡Qué bonita esta casa, parece un hotel!».

Miro de reojo y veo a Sveva apoyada en la nevera con las manos entrelazadas, que lanza miradas sorprendidas, por no decir otra cosa, hacia mi acompañante. Dejo de prestarle atención y me centro en la cena, que no podía ser diferente a como la había imaginado: cebada con azafrán y zanahorias, tempura de sardinas, empanada de guisantes y anchoas acompañada de huevas rojas de salmón. Busco una rebanada de pan normal, pero lo que más se le parece son unas bolitas de arroz. Afortunadamente, en la mesa hay una botella de vino tinto. Me sirvo solo un dedo para no tener que aguantar un sermón y, mientras tanto, lanzo una mirada furtiva a Rossana, que no parece haberse dado cuenta de la mirada hostil de Sveva y escucha atentamente al artista gay mientras este explica los ocultos secretos de sus platos. Dante se acerca y me susurra al oído:

—Qué simpática es Rossana.

—Sí —me limito a contestar, antes de que el audaz Leo me

incluya en una conversación sobre cocina macrobiótica y dieta mediterránea, dos temas sobre los que difícilmente puedo opinar.

En realidad, todo lo que concierne a salud y bienestar me aburre bastante, por eso, mientras Perotti explica, emito un bostezo. He olvidado los buenos modales, las sonrisas de circunstancias y las argumentaciones fútiles. Los últimos años que he pasado solo en este mundo me han marcado. Sé de qué hablar con una prostituta, pero no consigo disertar con un hombre brillante. Algunas veces pienso que si naces de una forma, no puedes morir de otra. Te haces ilusiones toda tu vida de que has cambiado de rumbo, para luego darte cuenta de que al final el atajo te ha llevado de vuelta al camino del que venías.

Por suerte, en la discusión interviene Rossana con toda su energía femenina, así que puedo eclipsarme sin dar el cante. Salgo a la terraza y me pongo a mirar las calles que se extienden bajo mis pies. En realidad, en Nápoles más que la vista se necesita el oído, es una ciudad que se descubre a través del sonido. En las callejuelas de Chiaia, por ejemplo, en las noches de verano, se pueden escuchar los tacones de las señoras que andan seguras por las piedrecitas, alguna risa alejada, o dos vasos que se tocan justo detrás del callejón. Posillipo, sin embargo, parece muda, con las calles amplias y desiertas que se desenvuelven silenciosas por la colina, mientras la ciudad un poco más abajo parece sorda. Tienes que saber escuchar con atención los gemidos de los barrios nobles si quieres aprender a conocerlos. En el casco histórico, por su parte, hay que saber distinguir, prestar atención solo a lo que te interesa, separar los sonidos, como las partes de una canción por mezclar. Así puedes disfrutar de la algarabía de los estudiantes que erran por los callejones antiguos, del ruido de los cubiertos que brota de las tabernas, del de las muchas campanas que tocan el domingo por la mañana, del de la llamada de los vendedores ambulantes o del de la voz ronca y temblorosa de un viejo que toca el acordeón en la entrada de una basílica cerrada y olvidada. Pero para disfrutar de todo esto, debes borrar el zumbido de las motos que infestan las calles, los gritos de las mujeres que se pelean por nada, la voz de un cantante neomelódico[5] tronando desde las ventanillas de un coche que se adueña de una zona que no le pertenece.

—Entre, tengo algo para usted —me dice de pronto Perotti, que acaba de salir a la terraza y me coge del brazo.

Querría oponerme y recuperar mi extremidad con un gesto impetuoso, pero vuelvo a notar que Sveva, de pie al lado de la nevera, me lanza una mirada severa. Desde que he entrado nos tiene vigilados a Rossana y a mí. Creo que mi acompañante no le ha gustado demasiado, pero tampoco esperaba que el encuentro produjera un resultado diferente. Sveva está demasiado cabreada con la vida como para disfrutar de sus múltiples facetas. Ella lo ve siempre todo blanco o negro, y nunca podría relacionarse con alguien que no fuese de su mismo estatus.

Por suerte, mi viejo amigo el artista me distrae de estos pensamientos y me arrastra hacia el salón. Estoy dejando a Rossana a merced de mis dos hijos, algo no demasiado agradable. Pero seguro que ella sabrá apañarse. Una que sabe poner en su sitio a un viejo como yo, sabe también enfrentarse a un tiburón como Sveva.

—La otra noche me dio la impresión de que le gustaba —dice el artista, indicándome el cuadro de Supermán que está en el suelo, apoyado contra la pared—, ¡así que he pensado regalárselo!

Observo primero la pintura y después a él. Supermán y Leo Perotti tienen la misma sonrisa arrogante en la cara. Me parece excesivo.

—Mire, entiendo que quiera quedar bien conmigo, ¡pero todo esto me parece demasiado!

---

5 Canción neomelódica: género musical nacido a finales de los años ochenta en Nápoles, que combina la canción tradicional italiana con estilos musicales más modernos.

La sonrisa se le desvanece como por arte de magia, y solo el superhéroe continúa disfrutando divertido de la escena.

—Mire, usted ni necesita mi autorización ni tiene por qué ser simpático a toda costa. Dante tiene ya unos años y, afortunadamente, sus elecciones no dependen de mí.

—Solo intentaba ser amable —replica él un poco menos cordial que hace dos segundos—, y no porque me interese su autorización, sino porque quiero a Dante y me gusta que él sea feliz.

Puede que haya infravalorado al pintor. Ahora que he herido su dignidad, parece más duro.

—Y él será feliz si usted y yo nos llevamos bien, ¿no es así?

Ahora es él el que me mira con una pizca de superioridad.

—No, Dante sería feliz si usted aceptara de verdad su forma de ser.

—¿Y quién le dice que no la acepto?

—Bueno, si no le ha hablado de mí hasta hoy, por algo será.

El bueno de Perotti empieza a caerme mejor.

—Si nunca me ha hablado de ello es porque no le apetecía. Yo he respetado siempre su voluntad, nunca le he presionado para que me confesara nada.

—Pero tampoco le ha animado —replica decidido—. Quizá Dante solo necesitaba eso.

Dime tú si a mi edad tengo que dejarme tratar como si fuese tonto por la pareja de mi hijo. Entre las muchas acusaciones de los últimos días me faltaba también la de no haber motivado a Dante a revelarme sus gustos sexuales. Estoy a punto de contestar a mi estilo, pero Sveva entra en el salón con un plato en la mano. Leo aprovecha para volver a la cocina y yo me quedo solo con mi hija. Maldición, ¡de Málaga a Malagón! Cierro los ojos y por un instante pienso en ir donde está Perotti y disculparme con él, no porque crea realmente haberme equivocado, sino para huir de la mirada amonestadora que Sveva lanza a mis espaldas. Así que doy un paso para alejarme, pero ella me agarra del brazo. Esta noche todos parecen interesados en mi extremidad.

Me giro sonriente, pero Sveva no sonríe en absoluto. De hecho, parece preocupada.

—¿Qué pasa? —pregunto.

Me arranca el vaso de vino de las manos y suelta en tono violento:

—Si el otro día no me hubieras dado tu opinión sobre Enrico —replica en voz baja—, yo no te daría la mía sobre esta Rossana que te acompaña. —De la cocina sale la carcajada un poco basta de mi amiga, y llega hasta el salón. Sveva cierra los ojos y frunce el ceño como si acabase de escuchar a alguien arañar una pizarra con las uñas. Yo sigo sonriendo—. ¿De dónde la has sacado? —pregunta después.

—¿Por qué, no te gusta? — replico todavía más divertido.

—Bueno, digamos que es bastante folclórica.

—Sí, tienes razón, es el término exacto, el que no conseguía encontrar. Es folclórica, extravagante, extraña. —Me mira sorprendida y no contesta—. Mira, hija mía, este viejo que tienes delante necesita, para no ahogarse, un pelín de extravagancia, de rareza. La que tampoco te vendría mal a ti.

—¿Por qué tienes que hacerte siempre el gracioso? ¿No has pensado en nosotros, a la humillación que nos supone verte acompañado por una mujer así?

—¿Qué tiene ella de malo? —pregunto entonces, esta vez sin sonreír.

Sveva baja la mirada solo un instante y luego replica con dureza:

—No es para ti, no es para esta familia. Y creo que su presencia aquí es una ofensa para nuestra madre.

Entonces exploto y ahogo un grito:

—No me hables de lo que es o no ofensivo. Es ofensivo que nadie me haya venido a decir que mi hijo es gay. ¡Eso es ofensivo! Es ofensivo que mi mujer haya tenido una relación durante cinco años con otro. Y es ofensivo también lo que tú haces a tu marido, si quieres saberlo. Todos ofendemos a otra persona. Tú no eres tan diferente a mí. —Ella se queda mirándome callada, con los ojos llenos de rencor y humillación—. Y ahora déjame vivir lo que me quede por vivir de manera extraña. He pasado una vida entera en la normalidad, ¡y se me revuelve el estómago con solo notar su pestilente olor!

Un momento después los demás invaden el salón con nuevos platos en las manos y la sonrisa en la cara. Los miro sorprendido y me siento a uno de los extremos de la mesa. A mi acompañante le han bastado cinco minutos para que Dante y su pareja la acepten, mientras que a mí, sin embargo, el mismo tiempo me ha servido para que mi hija me desprecie aún más. Es extraño, cuanto más viejo me hago, más rápido me hago detestar. Como un maratonista que compite contra sí mismo, yo también intento siempre mejorarme. En mi lecho de muerte me bastará una mirada para hacer que me odien.

En cualquier caso, Leo Perotti, en lugar de ponerse lo más lejos posible, elige el sitio que está a mi lado. Le dedico una mirada respetuosa. Al final no es un cobarde.

—¿Te ha gustado el regalo? —pregunta Dante nada más sentarse—. Fíjate, Leo dudaba, pensaba que no lo habrías aceptado. Pero yo te conozco bien, si te gusta algo, ¡no pones muchas pegas!

Sí, me conoces realmente bien, querido Dante, casi tanto como yo a ti. Qué raro, pero me parece que en la mesa la única que me conoce de verdad es Rossana. Vuelvo a sonreír a Perotti, que me corresponde poco convencido. Qué pena, ya se ha cansado de luchar. Entonces me dedico a mi rival de siempre, el más arduo.

—¿Por qué no ha venido Diego? ¿Otra imprevista reunión de trabajo? —digo mientras me coloco la servilleta sobre las piernas.

Sveva ni me dirige la mirada y se dedica a servir el plato a Rossana, que justo después suelta otro de sus comentarios.

—Mmm, qué bueno este *risotto*.

Dante y Leo se miran divertidos. Yo me giro hacia mi hija esperando su mirada de censura, pero esta no llega. De hecho, decide sorprenderme y contesta amablemente:

—Es cebada, se parece al arroz, pero no lo es.

No sé si ha sido por mi bronca, pero Sveva parece ahora más disponible y tranquila. Todos parecen apaciguados y dan lo mejor de ellos para que la noche sea agradable. Todos, excepto yo.

—Entonces, contadnos —empieza Dante—, ¿cómo os conocisteis?

Lo sabía, mi hijo es una suegra cotilla a la que le gusta meterse donde no la llaman.

—Rossana fue mi enfermera hace un par de años —respondo.

—¡Ah, claro, ahora entiendo dónde nos habíamos visto! —comenta mi hija, y no entiendo si su intervención esconde algún propósito oculto y lo que quiere es estropearme la cena.

Pero es la noche de Dante, estamos aquí por él, y no creo que fuera a hacer eso a su hermano. A pesar de todo, me veo en la obligación de intervenir para sacar a mi acompañante de un apuro, así que decido ir al grano.

—Entonces, ¿qué es eso tan importante que me tenías que decir? —pregunto, dirigiéndome a mi hijo.

Dante me mira sorprendido. Quizá pensaba que me conformaría con comprenderlo, que le habría bastado con plantarme delante al artista. No, querido Dante, por una vez en la vida saca pecho y enfréntate a tu viejo, que, por otro lado, esta noche ya está bastante nervioso.

Pero él no habla. Es Sveva la que, como siempre, interviene para sacar a su hermano del atolladero.

—Venga, si acaso te lo dice después de la cena, en privado.

—No, hagámoslo mejor de otra manera —replico, mirando a Dante—, te ahorro la tarea. ¡Hablo yo! —Doy un largo trago de vino y apoyo la servilleta en la mesa, ignorando la mirada reprobadora de mi hija. Rossana me da una patada por debajo, pero yo ya he arrancado—. Dante, ¡eres homosexual! Lo sabe todo el mundo, se lo has dicho a todos, incluso a tu madre. Solo yo he quedado excluido, a lo mejor porque querías esperar a que me muriera. Pues bien, yo tengo dos noticias importantes que darte esta noche: la primera es que no tengo ninguna intención de morirme, la segunda es que tus gustos sexuales me traen sin cuidado. Te quiero y te querré siempre, aunque no te lo haya dicho nunca, aunque me haya equivocado contigo y a veces haya podido parecer que me la traen al fresco tus asuntos. Yo te admiro, como hombre y como hijo. Os admiro y quiero a ti y a Sveva por igual, de eso puedes estar seguro. Ya está, esto es lo que tenía que decirte, deciros —y lanzo una mirada a mi hija también—, por fin he encontrado el valor. Ahora, si queréis, podemos seguir atiborrándonos lo que queda de noche. Si no, me levanto, cojo del brazo a mi señora y me voy.

Agacho la cabeza y empiezo a comer, aunque el temblor de mi mano no me deja sujetar bien el tenedor. A veces, hasta me cuesta hacer el papel del gruñón. Cuando levanto la cabeza me doy cuenta de que Dante tienes los ojos vidriosos, Sveva se está secando una lágrima, Rossana mira el plato y Leo Perotti me mira a mí. Le sonrío de nuevo. Entonces él me acerca la mano y exclama:

—¿Sabe? ¡Hasta hace poco pensaba que usted era un cabrón! Ha conseguido hacerme cambiar de idea en apenas dos minutos.

Este Perotti me cae bien. Le aprieto la mano y replico:

—Bueno, si es por eso, que sepa que yo también he cambiado de opinión sobre usted. ¡Estamos empatados!

Luego nos echamos a reír. Rossana se une a nosotros, así que a Sveva y a Dante no les queda más remedio que unirse también. La cena continúa tranquila e incluso la cocina macrobiótica de Perotti parece estar buena. Me relajo gracias al vino y escucho, cosa rara en mí, cómo los otros hablan de su vida. Cuando me levanto para ir al servicio, Dante va delante, enciende la luz en el baño y se queda allí mirándome.

—¿Qué pasa, también me quieres ayudar a sacudirla?

Él sonríe y contesta:

—Te quería dar las gracias por lo que has dicho. Sé que te ha costado mucho.

—No tienes por qué darme las gracias. ¡Todavía sigo en deuda contigo!

—No seas tan estricto contigo mismo. Después de todo, no has sido mal padre.

—Sveva no piensa lo mismo.

—Ya conoces a Sveva, le gusta quejarse y culpar a los otros de sus elecciones.

Solo ahora me doy cuenta de haberlo hecho todo mal en los últimos años. No tenía que haber visto tan a menudo a mi hija, sino a su hermano.

—Cada vez te pareces más a tu madre —le digo suspirando.

Él se parece a Caterina, y Sveva se parece a mí. No hace falta ser un genio para entender quién, entre mi mujer y yo, era mejor.

—¿Por qué tampoco me lo dijo Caterina? —pregunto.

Parece sereno y satisfecho.

—Porque le rogué que no lo hiciera.

Sencillo, quizá demasiado. Entre un hijo y un marido, se protege al primero. Siempre. Si todavía sigo vivo por este mundo durante mucho tiempo, a saber cuántos secretos de Caterina descubriré.

Cierro la puerta y me siento a hacer pis. El baño está lleno de cremas y lociones extrañas, y en el aire flota olor a vainilla. Puede que sean las velas, las hay de todos los tamaños, en cada hueco libre. Qué envidia me dan las personas que saben cuidar del lugar en el que viven. Tiene razón Rossana, esta casa parece un hotel de cinco estrellas. Ni siquiera tengo la sensación de estar en el meadero, sino en un *hall*. Por suerte, entre mis decisiones más sabias de los últimos años se encuentra la de orinar sentado, si no al pobre Perotti le daría un infarto cuando viera el bonito inodoro de su amado todo salpicado de pis.

Cuando vuelvo, me encuentro solo a Sveva sentada en la mesa con los brazos cruzados sobre el pecho y la mirada perdida en la copa de vino. Creo que me estaba esperando. De hecho, Dante y su pareja están en la cocina con Rossana. Es increíble, pero parece que entre los tres hay química. Quizá haya llegado el momento de marcharse, antes de que mi hija empiece de nuevo a desahogar conmigo su infelicidad.

—Siento lo de antes —dice, sin embargo.

—Olvídalo —replico con dureza.

Sveva me mira unos instantes y dice:

—No habría esperado aquel discurso por tu parte, menos aún delante de desconocidos. ¡Me has sorprendido!

—Me infravaloras.

—Puede ser —replica con media sonrisa.

Los ruidos de la cocina hacen de fondo. Me siento junto a ella, el codo apoyado en el respaldo de la silla de al lado, y comento:

—Volviendo a lo de antes, me da que también la elección de tu Enrico lo es un poco. Me refiero a lo de ser extraña. Por eso no he seguido investigando, porque he entendido que tú también te encuentras en ese momento de la vida en el que se necesita algo de extravagancia. Y puede que solo tengas miedo a enfrentarte a tu cambio. —Ella agacha la cabeza y no contesta. Entonces continúo—. Lo sé, el miedo es un «tocapelotas», una vocecita insistente y molesta que cuanto más la intentas alejar, más vuelve. Pero ¿sabes lo que he aprendido? Que, en realidad, aquella vocecita solo está haciendo su trabajo, intenta salvarte de ti mismo, quiere advertirte de que si no te mueves, pronto las cosas en tu interior empezarán a pudrirse.

Sveva contesta sin levantar la cabeza:

—La verdad es que me siento confusa, no sé qué decisión tomar.

—¿Sabes cuál es la mayor de las extravagancias?

Ella dice que no con la cabeza.

—Guiarse por el instinto. —Mi hija me mira perpleja—. Dejarse de esquemas mentales inútiles. Si sigues tu instinto, no te equivocas nunca. Los pájaros migran todos los años sin preguntarse el porqué. Pues eso, nosotros también deberíamos hacer lo mismo, movernos continuamente sin hacernos demasiadas preguntas. Yo me he hecho unas cuantas todos estos años y me he quedado quieto. Ahora tengo que recuperar, quiero migrar un poco cada día.

—¿Con Rossana?

—Pues sí, ¿por qué no?

—Y con Enrico, ¿qué debería hacer entonces? ¿Migrar yo también?

—Debería decirte que lo pensaras bien, pero no me veo capaz.

Ella resopla, menea la cabeza y finalmente contesta:

—Por lo menos, todavía consigues divertirme con tus extrañas teorías.

—No está mal para un viejecito.

—¿Estáis juntos? —pregunta justo después.

—Es solo una amiga, nada más.

—Qué pena, quizá habría sido mejor así.

—¿En qué sentido?

—Bueno, me habría quedado más tranquila sabiendo que hay alguien que se ocupa de ti.

Mi hija se preocupa por mi salud, de que ni fume ni beba, para tener más tiempo para pelear conmigo.

—Sabes que me sé apañar.

—Sí, pero cuando uno pasa demasiado tiempo solo empeora.

—¿Me ves peor?

—Bueno, si me lo hubieras preguntado antes de esta noche, te habría dicho que sí.

Suelto un resoplido divertido. Al fin y al cabo, no es tan difícil quedar bien con los demás, basta con esforzarse en buscar las palabras adecuadas, incluso cuando parece que no hay forma de encontrarlas.

En la puerta, Leo me da la mano con la misma cordialidad que a nuestra llegada. Esta vez le correspondo. Al final ha conseguido caerme bien, algo que no todos consiguen. Además, quiere a mi hijo y puede que le ofrezca los cuidados que yo no le di. Dante, por el contrario, me abraza. Le dejo que lo haga, aunque su perfume dulzón me produce náuseas. En realidad, es el gesto lo que me incomoda, pero prefiero pensar que es el perfume.

—Ahora será mejor que me vaya —digo.

Soy viejo y los viejos no pueden conmoverse. Ya tienen bastante con hacérselo encima; si también se pusieran a llorar, sería como estar con un recién nacido.

Sveva baja con nosotros.

—¿Queréis que os lleve?

—No, gracias. Cogemos un taxi de camino, así damos un paseo —contesto.

Ella se despide cordialmente de Rossana y le deja una tarjeta de visita. Luego la abraza, como ha hecho su hermano unos minutos antes. Va a ser verdad que llegados un punto de nuestra existencia nos reconciliamos con nuestros padres. Creo que esto ocurre cuando seguir rumiando rabia cuesta más que hacer borrón y cuenta nueva.

—No te preocupes por nosotros. Somos más felices de lo que te imaginas —me susurra al oído antes de separarnos.

La miro. Siempre ha sido elegante, como su madre, pero esta noche también la veo guapa, más sinuosa. Puede que sea porque está un poco menos avinagrada.

—Dale un beso a Federico —me limito a decir.

En el camino de vuelta Rossana parece contenta.

—Me lo he pasado realmente bien —comenta de golpe.

El ruido de las hojas secas bajo nuestros pies acompaña nuestra charla.

—Sí —replico mientras me coloco el cuadro de Perotti bajo el brazo.

Al final no le he sabido decir que no. Lo colgaré en el salón, por lo menos así tendré a alguien que sonríe y me hace compañía en mis noches de insomnio.

—De todos modos, tus hijos son realmente simpáticos. ¡Y te quieren mucho!

—Bueno, a veces me convenzo de lo contrario, sobre todo en el caso de Sveva.

—¿Pero qué dices? Se ve que está enamorada de ti, ¡como todas las hijas!

Hago una mueca insegura, ella se echa a reír y me planta un beso en la boca. En respuesta, agacho la cabeza fingiendo mirar el reloj para que no vea cómo se han puesto de rojas mis mejillas.

Recorremos via dei Mille en silencio y nos metemos en una heladería que todavía está abierta. Después Rossana se para delante de un escaparate apagado y yo aprovecho para mirar a mi alrededor y dejarme llevar por los recuerdos. Las esquinas de las calles están llenas de ellos, basta tener buen ojo y cierta memoria. Allí enfrente, por ejemplo, había antes una librería de paredes blanquísimas y estanterías color miel. Me paraba cada día para admirar aquella madera rubia sin tornillos ni clavos, que se sujetaba como por arte de magia y hacía que el local pareciera un gran velero. Ya no quedan librerías tan bonitas, por lo menos no en la ciudad. Por aquel entonces salía con una chica del liceo Umberto, a escasos metros de aquí. O mejor dicho, no salía con ella: estaba enamorado de ella. Siempre me he enamorado de las mujeres con las que salía. El enamoramiento y yo nos hemos gustado desde el primer momento. Es con el sentimiento siguiente, el que la gente llama «amor», con el que nunca ha surgido la magia.

Pero ese es otro tema y yo estaba hablando de la librería, donde me refugié un día que llovía a cántaros y mi chica tardaba en salir de la escuela. Me enamoré de aquel lugar mágico y de los libros, y empecé a pensar que un día yo también podría tener mi propia librería. Pero pasó algo que cambió mi vida, uno de aquellos pequeños grandes desvíos invisibles que te hacen cambiar de rumbo. En fin, que entre mis enamoramientos de juventud estuvo también la panadera de debajo de mi casa. Por ella abandoné rápidamente a la estudiante de Chiaia y la vieja librería. Pero con la panadera no funcionó. Tenía unos horarios imposibles y me traía panes calentitos en cada cita. Me imaginé el futuro y me vi muy gordo y aburrido, así que la dejé a ella también y me centré en mis estudios. Al poco llegó el deseado título de contable que marcó el camino que tendría que traerme hasta aquí. Si, por ejemplo, no hubiese conocido a la panadera, a lo mejor me habría casado con la chica del instituto y habría seguido yendo a la vieja librería. Puede incluso que hubiera conseguido que me contrataran y mis prácticas las habría hecho allí en lugar de en Partenope Service.

De todas formas, un día –ya había nacido Sveva–, pasé por aquí y me di cuenta de que mi querida librería ya no estaba, que había sido sustituida por la enésima zapatería de señoras. Fue en aquel preciso instante cuando me di cuenta de lo que había perdido, de cómo la vida me había engañado bajo la forma de una panadera con curvas. No sé si habría sido librero, pero sé que en la vida hay veces que notas como un pitido en el oído. Puede pasarte en presencia de una mujer, en un lugar determinado, mientras haces algo que te gusta. Por eso, si tuviera que dar un consejo a mi nieto Federico, solo uno, sería este: cuando oigas el pitido, levanta la cabeza y agudiza el oído. Será que te encuentras frente a una de esas desviaciones invisibles, y te aseguro que basta un instante para equivocarse de camino.

Una vez en casa, voy directamente al trastero y agarro un martillo y dos clavos. Es tarde, pero da igual, por una noche seré yo quien despierte al vecindario. Coloco a Supermán en el centro de la pared del salón, justo encima del sofá, y me quedo maravillado observándolo.

—¡Sí, me gustas! —exclamo.

Al igual que me gusta Leo Perotti. Me gustan Dante y Sveva,

Rossana, Emma, Marino y la loca de los gatos. Quizá esta noche hasta el viejo que manosea a mi hija no me caería del todo mal. La verdad es que no se puede ser siempre tan gruñón y antipático, si no los demás empiezan a creerte.

Voy a la cocina y me sirvo un vaso de vino. Cuando cierro la puerta de la nevera veo a Belcebú, que me mira con aire soñoliento. Le ofrezco el último tranchete que queda, luego lo cojo por el cogote y me lo llevo al dormitorio. Antes de quitarme la ropa le acaricio la cabeza. Sus ronroneos me arrancan una carcajada. Sí, como me temía, me estoy haciendo demasiado mayor.

## IN VINO VERITAS

Llaman al timbre y suelto una maldición. Será la señora Vitagliano, que querrá más detalles sobre la vida de Emma. Esta vez la mando a freír espárragos.

Asomo el iris por la mirilla y observo el rellano: la silueta de Marino ocupa todo el campo visual. Me quedo perplejo, no sé cuánto tiempo hace que no sale de casa. Abro la puerta, él me mira y sonríe, yo le correspondo. Entonces nos quedamos ahí parados, incapaces de abrazarnos.

—¡Has conseguido escapar de aquel sucio sillón! —exclamo eufórico.

—Sí —admite él—, quería decirte una cosa. He estado a punto de coger el teléfono, pero luego he pensado: «Jopé, subo y se la digo en persona».

—Estoy orgulloso de ti. Venga, entra, te invito a una copa de vino.

—Gracias Cesare, pero, ya sabes, no puedo beber vino.

Le invito a sentarse y le lleno la copa, como si no hubiese dicho nada.

—Marino, ¿cuánto tiempo quieres vivir todavía? Quiero ser honesto contigo, no te queda mucho. La gente con ochenta años muere. Así son las cosas, no puedes hacer nada. De hecho, ¡siéntete afortunado por haberlos alcanzado! Por eso, si ahora te tomas una copa de vino aguado, ¿a quién le va a molestar?

Marino me mira de soslayo y se ríe.

—Eres un buen hombre, Cesare —dice, dando un buen sorbo. Luego apoya el vaso y mira a su alrededor—. Recordaba diferente esta cocina.

—¿Es decir?

—Más limpia, más ordenada, más acogedora.

—Claro, la última vez que viniste estaba Caterina. Es su ausencia la que te hace fijarte en todos esos «más».

Marino se ríe otra vez, yo relleno las copas y le invito a brindar. Me mira como si me hubiera vuelto loco.

—No, Cesare, tú hoy me quieres matar —dice indeciso.

—Sí, ¡querría ver cómo te desplomas después de dar un buen trago de vino o entre los muslos de una mujer atractiva!

—¿Cómo he podido ser tu amigo durante tanto tiempo? —pregunta él, bebiendo la segunda copa.

—La verdad es que has tenido paciencia. Pero nunca tanta como mis hijos, que están obligados a relacionarse conmigo desde el primer día en que vinieron al mundo.

—¡Vaya tarea que les has endiñado! —comenta él, soltando una carcajada y vertiendo el vino en el suelo y en su pantalón de franela gastada.

—¡Pareces uno de esos viejos que se mean encima! —exclamo también entre risas.

—Cesare, ¡yo soy uno de esos viejos que se mean encima! —replica Marino, sirviéndose un poco más de vino.

—¡Sí, tienes razón!

Las risas y los temblores dificultan llevarme el vaso a la boca. Será el alcohol, será la felicidad de tener otra vez en mi cocina a un viejo amigo, pero no puedo parar de reírme a carcajadas, como me pasaba muchas veces en clase cuando era niño. Por qué será que justo cuando no podemos reír, perdemos el control. La risa desenfrenada se parece al llanto y, al igual que esto, se vale de las lágrimas para liberar la energía acumulada.

Hace unos años Marino y yo nos reíamos mucho, antes de que el viejales decidiera apartarse de la vida. Un día, hace unos cuarenta años, llegó a la gestoría Volpe un tipo enfurruñado e insolente. Aquel tipo era yo, y me habían contratado gracias a un favor que el señor Volpe debía a mi hermano. Allí, como he dicho, estaba Caterina. Pero no solo ella. Había también otra persona, un hombrecillo corriente y entrado en años que sonreía amablemente.

—Él es Marino, mi cuñado. Te explicará cómo funcionan las cosas por aquí —dijo el señor Volpe antes de desaparecer y dejarme delante de aquel pánfilo con mirada bobalicona.

Marino tenía unos cuarenta años por aquel entonces, pero ya parecía mayor. De hecho, me quedé mirándole y preguntándome qué edad tendría. Él me dio la mano y se presentó. Le devolví su apretón blandurrio y dije: «Yo soy Cesare, y este trabajo me da asco, así que no esperes nada de mí, porque en un mes habré salido pitando».

Él se quedó boquiabierto y al rato se echó a reír. No podía saberlo entonces, pero aquella risa nos uniría para toda la vida. Marino se convirtió rápidamente en mi persona de máxima confianza, el amigo disponible que venía a recogerme por la mañana y me acompañaba por la tarde, o el que me cubría en el trabajo si yo estaba ocupado con alguna de mis habituales aventuras extraconyugales. Parecía un niño encerrado en el cuerpo de un viejo, una de esas personas que no ha terminado de crecer, con el organismo encaminado hacia la tercera edad, y el carácter anclado en sus primeros años de vida. En resumen, como les ocurre a los niños, Marino estaba lleno de entusiasmo, generosidad e impulso; pero, también como los niños, era al mismo tiempo inseguro, frágil y miedoso. Para él yo he sido algo así como un padre severo, mientras que él para mí ha sido el amigo perfecto, el que todos tendríamos derecho a conocer más tarde o más temprano.

Durante un tiempo nuestra relación se limitó a las horas de trabajo. Después, un día, como sabía que estábamos buscando otra casa debido al nacimiento de Dante, me vino con esta frase: «Se vende el piso encima del mío. Es un chollo. ¿Por qué no venís Caterina y tú a echarle un vistazo?».

Acabamos paseando encima de su cabeza y conocí a su mujer, Paola, y a sus hijos, Sebastiano y Antonia. Durante años nuestras vidas se mezclaron: cenas, fiestas, graduaciones, Navidades, partidas de cartas... Unas veces en nuestra casa, otras en la de ellos. Nuestra vida en común fue un continuo sube y baja. Nuestros hijos se quedaban dormidos en el sofá al lado de los suyos mientras veían la televisión. A veces, también venía a vernos la loca de los gatos –que todavía no estaba loca–, por aquel entonces casada con un hombre aburridísimo al que le gustaba la televisión más que a ella. La señora, sin embargo, a pesar de no haber tenido hijos, estaba llena de entusiasmo, vestía siempre con muchos colores, le sonreía a la vida y solía contarnos historias de sus estudiantes. Era una mujer con un carácter fuerte y poco común, una especie de *hippie* entrada en años. Pero su compañía nos hacía las noches más alegres.

Y así pasaron los años, hasta el día del bautizo del nieto de Marino, Orazio, primogénito de Antonia. Aquella tarde recuerdo que mi amigo llevaba un traje gris que le hacía incluso más triste. Durante la ceremonia me cogió del brazo y me susurró:

—El mes que viene Sebastiano se muda a Londres. Le han hecho una oferta que no ha podido rechazar. —Le miré y sonreí, pero él no me correspondió—. Hay momentos que te marcan para siempre. Uno de ellos es cuando tus hijos se van.

—Bueno, ¡pues eso significa que entonces podrás volver a cortejar a tu mujer! —le dije en broma.

Pero Marino no estaba para bromas.

—Paola está enferma. Tiene alzhéimer —dijo, apretándome el brazo. Le miré boquiabierto, pero él siguió hablando como si nada—. Me siento feliz por Sebastiano y también por Antonia. Es justo que los jóvenes piensen en su vida.

—Ya —comenté con un murmullo.

Me habría gustado preguntarle algo más, pero no me dio la oportunidad.

—Y, de todas formas, te acostumbras a todo en la vida, ¿no? —dijo mientras Antonia le arrastraba hacia ella para hacerse una foto.

No te acostumbras, renuncias a cambiar las cosas. Es bastante diferente. Así habría querido decirle, pero ya se había alejado. Luego, al año siguiente, llegó aquel día, el más terrible. Recibió una llamada desde Inglaterra a primera hora de la mañana, diciendo que Sebastiano había fallecido en un accidente de coche. Fueron unos meses horrorosos, Marino era un esqueleto que andaba por inercia, solo porque la mujer le necesitaba. Parecía haber envejecido el doble de rápido que los demás, como si estuviera en el cuerpo de un perro y un año suyo equivaliera a siete nuestros. Por lo que a mí respecta, intenté ayudarle como pude, en el trabajo y en casa, pero él no parecía darse cuenta. Cuatro años después murió también Paola, y mi amigo se vio solo en el gran piso que había alojado durante decenas de años risas, gritos, llantos y quejas. Antonia insistió en que se mudara a su casa, también porque mientras tanto Marino se había jubilado, pero el cabezota no quiso atender a razones. Por la noche, sin embargo, cenaba con nosotros, veía un poco la televisión y se volvía abajo.

Me encontré compadeciéndolo, aunque el tiempo transformó la pena en admiración. Yo no le veía capaz de superar lo sucedido, pero los meses pasaban y él seguía en pie. Aunque la vida no ha sido amable con él, Marino ha seguido sin negarle el saludo. Entonces entendí que no existen personas más valientes que otras, solo que hay quien hace frente al dolor cuando hay que hacerlo.

Un día me llamó y me pidió que me pasara por su casa. Me acogió el silencio de un hogar que ya no reconocía.

—Quería decirte que, a partir de ahora, no volveré a cenar contigo —dijo sonriente.

Le devolví la sonrisa y pensé que quizá necesitase recuperar su autonomía.

—Dime la verdad, ¡tienes mejor compañía que nosotros! —dije, guiñándole un ojo.

Él se echó a reír, como hacía antaño, pero al segundo se puso serio y contestó:

—Cesare, soy demasiado mayor para esas cosas. Simplemente es que me he cansado de huir.

Habría podido insistir. Quizá, si me hubiese imaginado que su casa se iba a convertir en su tumba, lo habría hecho. Sin embargo, pensé que realmente tenía razón y seguí bromeando, como solíamos hacer.

—Nunca somos demasiado mayores para ciertas cosas, Marino. Que sepas que han inventado unas pastillas mágicas.

Él me sirvió vino y no contestó. En aquellos años también el marido triste de Eleonora Vitagliano había pasado a mejor vida, así que se me pasó por la cabeza que quizá estos dos podrían hacerse compañía mutuamente. La señora ya no daba clases, salía poco y había empezado con su obsesión por los gatos. De hecho, me la encontraba a menudo en el descansillo con algún felino que acababa de atrapar en la calle.

No existe una única manera de enfrentarse a la soledad. Están los que se encierran en casa, los que se encariñan demasiado con los animales, y, finalmente, los que aprenden a hablar con el silencio.

—¿No será que te traes algo entre manos con Eleonora Vitagliano? —pregunté pasado un rato.

—¡Qué dices! —Se sobresaltó en el sillón—. ¿Te has vuelto loco?

—Bueno, los dos estáis viudos y solos, os conocéis de toda la vida, ¿por qué no os hacéis un poco de compañía?

—Cesare, no digas tonterías. Además, ¿has visto cómo ha acabado? A mí me parece que está un poco tarumba. Ya no puedo ni invitarla a tomar café, huele a comida de gatos.

Sonreímos. Es verdad, incluso la desesperación tiene un límite. Así que repliqué:

—Sí, me da que tienes razón, mejor la soledad.

Y le acerqué la copa para que me sirviera más vino.

Nos despedimos a la hora de cenar. Cuando le comenté a Caterina la novedad, que Marino ya no volvería a nuestra casa, dijo triste:

—Qué pena, me había acostumbrado a su silenciosa compañía.

—No te preocupes —contesté mientras iba al baño—, ya verás como en un par de días está otra vez aquí. ¡Cómo va a enterrarse en casa!

Han pasado ocho años desde aquella tarde.

Ese es el tiempo que Marino ha necesitado para hacerse amigo del dolor.


—Había subido para darte esto. —suspira Marino en un momento dado.

—Antes me toca a mí —replico. Él me mira intrigado. Tiene las mejillas rojas y le huele el aliento—. La chica está embarazada. Quería decírtelo antes.

Marino se queda un instante con el vaso a medio camino y vuelve a dejarlo en su sitio.

—¿Quiere tenerlo?

—Así dice.

—Tenía razón yo, no teníamos que habernos metido en esto. Ya soy mayor y estoy harto de escuchar problemas.

—¿Y qué tenía que haber hecho? Solo estoy ayudando a una pobre mujer.

—Te estás involucrando demasiado. Una cosa es una carta, otra es que ella duerma en tu casa. —Las risas de hace unos minutos se han convertido en un lejano recuerdo—. ¿Y si él se enterase?

Cómo no iba a echarse a temblar el bueno de Marino en el momento clave.

—No te preocupes, ya he tenido la ocasión de ponerle en su sitio.

—Tú estás loco, ¿lo sabes? No eres más que un pobre viejo. Deberías darte cuenta y aceptarlo en algún momento.

—No, he decidido que no voy a aceptar nada. Si la vejez quiere vencerme, ¡tendrá que sudar la gota gorda! —Marino me mira con cara de bobo mientras le lleno el vaso—. ¿Y bien? ¿Qué me tenías que decir?

Él apoya la copa y me mira. Entonces, con voz orgullosa, contesta:

—Te he traído la carta. ¡He conseguido imprimirla con Orazio!

Lo que para muchos es un gesto rutinario, para nosotros se convierte en la escalada a una montaña. La verdad es que la tecnología debería tener más respeto hacia a los ancianos.

Agarro el sobre y me lo paso de una mano a otra. Me pasa muchas veces que el poderoso tornado de entusiasmo inicial acaba suavizándose hasta convertirse en una ligera brisa de primavera. Agarro otra vez la botella y sirvo el último dedo de vino que queda. Marino no opone resistencia. Ya está de mi parte.

—Por el rescate de Emma —dice él, levantando el vaso y acercándolo al mío.

Está tan feliz de poder ayudar a una chica con problemas, que no me veo capaz de confesarle que la carta por la que tanto ha sudado acabará en la basura en cuanto se marche.

—Por el rescate —repito.

Brindamos y lo acompaño a la puerta. Quizá debería acompañarlo hasta su casa, parece achispado. Pero yo también lo estoy, y también soy viejo. Solo que, a diferencia de Marino, hago lo posible para olvidarlo.

Tiro la carta a la papelera y vuelvo al salón. Hasta que no vives el dolor en tus carnes, no puedes entenderlo. Sin embargo, mucha gente usa impropiamente las palabras «Te entiendo». «No entiendes una mierda, bonito», eso es lo que habría que contestar. Yo jugaba a policías y ladrones, Emma se enfrentaba a la realidad.

Me da vueltas la cabeza. Me tumbo en el sofá, me tapo las piernas con la manta y, a pesar del olor a moho que desprende la lana, cierro los ojos. En esta casa, hasta los objetos huelen a viejo. Lo importante es acostumbrarse.

# A MI MANERA

Llevo un rato adormilado, cuando llaman otra vez al timbre. Se acabó mi tranquilidad, y me lo he buscado yo solito. Ahora, apoyo mis enjutas nalgas en el sofá, viene alguien a buscarme.

Esta vez sí que es Eleonora. Apoyada en su bastón, me mira de abajo arriba y suelta:

—Está subiendo el agente inmobiliario. Me habías dicho que podía llamarte.

Me paso la mano por la cara y voy a ponerme una chaqueta. Cuando vuelvo al rellano, el hombre que vende pisos está ya en el recibidor de la casa de la Vitagliano, acompañado de una pareja joven que mira a su alrededor con expresión aturdida. Voy detrás de ellos, intentando respirar lo máximo posible por la boca, hasta que el agente se percata de mi presencia y se gira de sopetón.

—Es amigo mío —dice la loca de los gatos.

El hombre me acerca la mano, y yo se la estrecho mientras los examino a él y a sus clientes, que me regalan una sonrisa forzada. Me gustaría precisarles que Eleonora es realmente solo una amiga y que no tengo nada que ver con la peste que invade la escena, pero tengo asuntos más importantes de los que ocuparme. Mientras la pareja merodea por las habitaciones acompañada por Eleonora, agarro a mi hombre del brazo y le digo:

191

—Tenemos que hablar.

Él me observa y contesta:

—Dígame.

—¿Cómo van las visitas? Quiero decir, ¿hay alguien realmente interesado en la casa?

—De momento no, pero la zona es buena y el edificio, señorial. Seguro que al final aparece alguien que quiera comprarlo, solo hay que esperar. Claro, que si la señora mostrase el piso en mejores condiciones, todo sería más fácil —concluye divertido.

A mí, sin embargo, no me hace ni pizca de gracia.

—Vaya, precisamente esto es lo que yo le quería aclarar. Soy un hombre paciente y comprensivo, sé que todos necesitamos trabajar; pero la próxima vez que se tome la libertad de decir a la señora cómo gestionar su piso, les echo a usted y a sus simpáticos clientes a patadas.

De golpe, la sonrisa astuta desaparece de su rostro.

—Lo decía por su interés, para agilizar la venta. Yo solamente hago mi trabajo.

—Eso es, haga su trabajo y no dé consejos que nadie le ha pedido. —Agacha la cabeza—. Además, ¿quiere saber la verdad? La señora no tiene ninguna intención de vender.

—No entiendo.

—No entiendo, no entiendo... Usted no es tonto. Sabe muy bien que la orden de venta no viene de aquí. Y sabe también que para una señora mayor no es nada relajante ver cada día extraños en su casa.

—Mire, yo no sé quién es usted, solo estoy siguiendo una orden.

—Una orden. Ahí es donde yo quería llegar. Tiene que renunciar a esa orden y no traer aquí a nadie más.

El agente pierde la paciencia y saca pecho.

—Mi cliente no es usted, sino la sobrina de la señora Vitagliano. Si acaso, tendría que ser la señora la que me dijera que renunciase a la venta.

Suspiro. Esperaba no tener que llegar a la transformación, pero el chico da muestras de cierta cabezonería. Lo observo y sonrío, porque además desprende buen olor, que en estas circunstancias no es poca cosa. Se queda inmóvil esperando mi reacción, con su bonito traje gris de rayas diplomáticas y su corbata verde, la carpetita llena de papeles inútiles y el pelo engominado. Entonces, un instante antes de que la joven pareja nos interrumpa, digo:

—No nos hemos entendido. Soy un general jubilado de la Unidad de Delincuencia Económica y Fiscal de la Policía Judicial. Si usted no deja de traer cada día gente a casa de la señora, me veré obligado a pedir a mis excompañeros que se pasen a hacerles cuanto antes una visita. No creo que a su jefe le haga ilusión.

Se pone rojo, pero no replica, quizá también porque sus clientes, a pesar de la peste y el regateo entre felinos, parecen sorprendentemente entusiasmados.

—Nos gusta —dice la joven, dedicando a cada uno de nosotros una sonrisa.

Eleonora abre los ojos preocupada, así que me veo en la obligación de hacerle un gesto con la mano para tranquilizarla. Después vuelvo a mirar a mi interlocutor.

—Muy bien, los dejamos tranquilos —dice entonces este, acompañando a sus clientes fuera.

Pero la chica no parece querer renunciar.

—¿No deberíamos hablar con la señora? La casa nos interesa —dice en el rellano.

Pero el agente la para de inmediato:

—No, señora, vayamos a mi despacho y le explico.

—Esta vez parecían realmente interesados —dice Eleonora cuando nos quedamos solos.

—Qué va, es que he hablado con el agente y lo ha entendido.

—¿Qué le has dicho?

—Que deje de molestarte, que, total, la casa no la vas a vender.

—¿Qué?

—Que no vuelva —confirmo—, ¡que no vas a vender!

Ella me mira sorprendida.

—¿Le has dicho eso?

—Qué, ¿no estás contenta? ¿No es lo que querías?

Eleonora se acerca con el pelo desgreñado y la boca torcida por una mueca rara.

—Pero no, yo no te pedí que dijeras la verdad. Solo quería que el agente no siguiera haciendo comentarios sobre mi casa. Simplemente tenías que estar a mi lado. ¿Y ahora quién va a aguantar a mi sobrina?

Entorno los ojos e intento calmar la ira que empieza a correr por mis venas. Estúpido yo que todavía a día de hoy, si una mujer me confía un problema, muevo cielo y tierra para resolverlo. La cuestión es que yo los problemas los resuelvo a mi manera y, no sé por qué, esta manera no les gusta a las mujeres.

—En fin, Eleonora —replico—, me dices que te ayude, que venga a socorrerte, y luego cambias de idea. ¡No tengo tiempo que perder!

—Solo quería que le dijeras que no podía molestarme a todas horas.

—Entonces te has explicado mal —contesto dirigiéndome hacia mi casa, mientras uno de sus gatos, aprovechando el momento de confusión, se cuela entre mis piernas y corre por las escaleras.

—Cesare, deja de portarte como un viejo cabezota. Ven aquí, tenemos que llamar a la agencia y explicar mejor lo que pasa. —Me giro y me quedo mirándola incrédulo. Ella reacciona agachando la cabeza y añade—: Venga, maldición, ayúdame a resolver el problema.

—Ya te he ayudado —replico con infinita paciencia.

—¿Y qué le digo a mi sobrina? —dice ella, a punto de echarse a llorar.

Es la primera vez en cuarenta años que la veo en estas condiciones. Siempre ha sido una señora enérgica, acostumbrada a imponerse, a mandar primero al marido y luego a los gatos. Esta Eleonora que tengo delante, sin embargo, es una viejecita que juega a hacerse la fuerte, aunque ya no lo sea.

—La verdad —confirmo—, sé honesta. A nuestra edad las mentiras duran poco.

Luego la dejo delante de la puerta y cierro detrás de mí.

No me han bastado ochenta años para entender a las mujeres.

# UN FLUJO IMPARABLE

—¡Abre!

Es la una de la madrugada y la voz al otro lado del telefonillo es la de Sveva.

Miro perplejo el aparato y luego doy al botón. ¿Qué habrá pasado? Me lanzo al rellano y oigo sus pasos unos pisos más abajo. Acaba de llamar al ascensor. Me asomo por el hueco de la escalera y diviso la manita de mi nieto agarrada a la barandilla. A pesar de las numerosas hipótesis barajadas en pocos segundos, no consigo encontrar ni una razón válida para que mi hija se presente en mi casa en medio de la noche.

A no ser que esté huyendo.

Si a cierta edad vuelves a dormir a casa de tus padres, hay dos opciones: o ellos están muertos o tu vida se ha ido al traste. Y como todavía no me considero difunto, elijo la segunda opción.

—¡Ahórrate las preguntas! —suelta ella nada más salir del ascensor.

Me quedo parado con la pregunta en los labios. No, querida Sveva, así es muy fácil. Te presentas a estas horas con tu hijo adormilado y aturdido, ¿y te atreves a no querer responder a mis preguntas?

Todo esto, obviamente, me lo quedo para mí. Le doy un beso

a Federico, agarro el bolsito que Sveva trae consigo, y voy con ellos dentro. Ella se quita la cazadora y se gira hacia mí. Ahora, por fin, me dirá qué ha pasado.

—¿Dónde podemos dormir? —pregunta en su lugar.

La observo antes de contestar.

Tiene los ojos hinchados de llorar, el pelo desgreñado y los labios entreabiertos. No tiene que haber pasado una noche agradable. Me giro hacia mi nieto, que apenas puede mantener los ojos abiertos, y me da mucha lástima. Con toda probabilidad le han sacado de la cama, ha presenciado la enésima pelea entre sus padres, y ahora se encuentra en casa de su viejo abuelo, sin su padre, sin su habitación, sin sus juguetes.

Haceos todo el daño que queráis tú y tu marido, pero dejad a Federico tranquilo. Dejadle crecer lejos de vuestro odio, protegedle de vuestros remordimientos, ocultadle vuestras miradas desprovistas de amor. Y si realmente no podéis, separaos. Un niño que se cría sin uno de sus padres será quizá un adulto incompleto e inseguro; pero un niño que crece en el odio o en la violencia, nunca sabrá amar. Y no hay peor daño que un padre pueda hacer.

—Poneos en mi habitación —contesto con dureza.

—¿Y tú?

—Yo duermo poco y mal, el sofá me irá estupendamente.

Ella agarra al pequeño y se dirige hacia la habitación. Le llevo la maleta y la encuentro con Federico tumbado en la cama, ocupada en quitarle los zapatos con gestos nerviosos. Me acerco y, sin decir una palabra, la aparto y la reemplazo. Entonces Sveva coge el pijama del niño y lo lanza a la cama. Luego saca algo del pequeño equipaje que tiene a sus pies y se encierra en el baño. En la habitación nos quedamos mi nieto y yo. Él ya se ha dormido y yo querría imitarlo. Lo arropo con las mantas, bajo del armario una vieja almohada que vete tú a saber cuánto tiempo hace que no ve la cara de un ser humano, y la llevo al sofá, donde tengo otra manta. Me acuesto y apago la luz, aunque sé que no cerraré los ojos, estoy demasiado nervioso. Pasados unos minutos sale Sveva del baño y se refugia en la habitación. La oigo abrir cajones y susurrar algo a Federico antes de que los estridentes muelles de la cama me avisen de que, por fin, se ha acostado.

Qué raro. Ahí está mi hija, la misma mujer a la que le he cambiado los pañales, limpiado el trasero y las lágrimas. Y sin embargo me da vergüenza, como si mi privacidad hubiese sido violada por una desconocida. No son las relaciones de sangre las que crean intimidad, es la convivencia. Hasta una madre, con el tiempo y la distancia, se hace extraña.

—¿Estás dormido?

Levanto la cabeza de sopetón y me doy cuenta que está en la puerta. En la oscuridad no puedo ver su rostro, pero estoy seguro de que tiene boca de pena, como le ocurría siempre de pequeña después de haber hecho alguna trastada. Me acuerdo una vez que, por trepar al aparador, tiró al suelo todo el juego de platos de mi suegra. Caterina se puso a gritar, así que Sveva vino corriendo hacia mí, con la misma mueca que esta noche. Cada vez que la madre la regañaba, ella corría hacia mí sabiendo que iba a lo seguro. Nunca se me ha dado bien el papel de padre severo, no me salía espontáneo, después de las primeras dos frases me echaba a reír y Sveva me imitaba. Entonces llegaba Caterina, que me tildaba de irresponsable convencida de que arruinaría la vida de mis hijos haciendo que crecieran sin autoridad. Bueno, yo tuve un padre autoritario y no he crecido mucho mejor que Sveva y Dante.

—No, estoy despierto —contesto seco.

No logro ocultar la rabia que siento contra sus eternos silencios. Caterina era igual, capaz de quedarse callada durante horas, días y semanas, esperando que el resentimiento se fuera. Al principio creí volverme loco pensando que no podría aflojar la tensión, que tendría que convivir con ella. Luego aprendí a ignorar sus enfados. No quiero decir tonterías, pero creo que su enfermedad pudo alimentarse de aquella energía reprimida. Mi mujer se tragaba cada día su rencor.

Sveva se sienta en el borde del sofá y se queda mirándome. Ni siquiera así de cerca puedo interpretar su mirada.

—Lo siento —dice—, sé que me he plantado en tu casa de repente y sin darte ni siquiera explicaciones, pero la verdad es que me da miedo lo que me puedas decir.

Lo primero que se me ocurre es acercar mi mano a su rostro, un gesto que no hago desde hace siglos. De hecho, Sveva casi se aparta, insegura, antes de ofrecerme su mejilla. Al cabo de un rato, mi piel encuentra sus lágrimas, como solía ocurrir entonces, cuando con el pulgar las apagaba antes de que pudieran quemar su cara.

—No sé cuánto tiempo hace que no me acariciabas.

—En realidad, no te estoy tocando —replico—. Los núcleos de nuestros átomos no se encuentran nunca, no podrían. Nada toca nada.

—¿Pero qué dices?

—No sé, lo oí en un documental, aunque no entendí gran cosa.

Ella sonríe y contesta:

—Ves demasiados documentales.

—Puede ser, pero son lo único que todavía estimula mi curiosidad. ¡Y la curiosidad me permite alimentar mi desmesurada vanidad!

Sveva ríe con ganas y yo con ella. Luego nos volvemos a poner serios y permanecemos en silencio hasta que dice:

—Diego y yo hemos discutido, creo que sospecha algo.

Suspiro. La sospecha es la última pieza de la ruptura de una relación. Cuando llega, mucho ya está perdido.

—¿Ya no le amas?

—No sé.

—Entonces es no.

—Para ti no hay término medio, ¿no?

—El término medio sirve para no elegir el buen camino, el que te lleva directamente donde quieres y tienes que ir. El ser humano es un maestro en dar vueltas sin rumbo con tal de no alcanzar el objetivo que le aterra.

—Últimamente te has puesto a filosofar —replica con tono irónico.

—No se trata de hacerse el filósofo, es que la edad te ayuda a aceptar las verdades incómodas. Si ya no amas a tu marido, tienes que dejarle. No por ti, sino por Federico. Si no, pasará la infancia siendo testigo de vuestras broncas y de tus frustraciones. Lo siento, he intentado mantenerme al margen, pero ahora siento la necesidad de opinar. Decide elegir, no hagas como yo y como el resto del mundo. No sabes cuántas parejas siguen juntas por no elegir.

Ella se aparta de mis caricias, apoya los codos en los muslos y se lleva las manos a la cara. Luego empieza a mecerse como hacía Caterina cuando se sentía atrapada. Se me escapa la risa.

Sveva se gira y me mira perpleja.

—No, es que te pareces a tu madre, también ella solía mecerse.

—No lo recuerdo.

—Ya, normalmente una madre oculta los momentos de crisis a sus hijos.

Mi frase apaga aquella pizca de alegría que empezaba a asomarse en su rostro.

—Crees que me estoy equivocando con Federico, ¿no es así? —pregunta entonces.

—Sí —admito—, pero también creo que es normal y que nadie puede hacer nada. Yo me he equivocado contigo, tú con él, él lo hará con sus hijos.

Parece tranquilizarse, así que nos quedamos en silencio un rato más. Nuestras respiraciones se cruzan y alternan en la noche, como ocurría hace muchos años. Es ella la que empieza a hablar de nuevo:

—¿Por qué no vienes a dormir con nosotros?

—¿Dónde?

—A la cama de matrimonio.

—Vamos a estar apretados.

—¿Y qué más da?

—Estoy bien aquí, no te preocupes por mí.

—En realidad me preocupaba por mí. —La miro intrigado. Entonces ella arruga el entrecejo y prosigue—. Es que dormir en aquella cama me pone triste.

Ya, no había caído. Siempre queda algo de la gente en los objetos que les han servido en vida. Sveva, bajo las mantas, ha vuelto a encontrar a su madre.

—Vale, entonces voy para que se te pase la melancolía —contesto de inmediato—, pero te aviso, me muevo todo el rato y ronco como un cerdo.

Ella ríe mientras me ayuda a incorporarme. Nos metemos bajo las sábanas con Federico que duerme entre nosotros. Entonces Sveva, antes de apagar la luz, me mira y me susurra:

—Gracias, papá.

—Anda ya, no hay de qué.

Cuando la oscuridad se apodera de la habitación, me quedo solo con mis pensamientos mirando el techo surcado por pequeños rayos de luz que se filtran a través de las persianas. Y por primera vez desde hace no sé cuánto, percibo una profunda sensación de bienestar.

Me giro y observo a Federico, que duerme panza arriba y con la boca abierta. Sveva, sin embargo, está girada hacia el otro lado, aunque igualmente puedo oír su profunda respiración. Así, de la manera más natural, me viene el recuerdo de cuando era ella la que se encontraba en el medio de la cama y su madre la que estaba girada de espaldas. Han pasado cuarenta años, pero la historia parece repetirse, como un flujo imparable.

Lo que somos desaparece con el cuerpo. Lo que fuimos, sin embargo, permanece custodiado por nuestros seres queridos. En

Sveva me parece volver a ver algo de Caterina, igual que en un momento dado en el rostro de mi madre vi el de mi abuelo. Quién sabe si el día de mañana no volveré también yo a la superficie gracias a un movimiento, una expresión, una sonrisa de mi hija. Y a saber de quién serán los ojos que se darán cuenta de ello.

# COMO LAS NUBES

Esta mañana me he levantado antes de lo habitual, he apartado despacio las mantas y me he dirigido a la cocina. Sveva y Federico seguían dormidos, qué suerte.

He pasado toda la noche procurando no mover ni el dedo meñique para no despertar a mi nieto. Al cabo de un rato tenía el hombro anquilosado y el brazo dormido. Pero esta no era la peor sensación que experimentaba mi cuerpo. Un par de horas después de haberme quedado dormido me vinieron a visitar, puntuales como un reloj, las ganas de orinar, que pasados unos sesenta minutos se convirtieron en una necesidad incontrolable. La vejiga me suplicaba que la ayudase a liberarse de todo aquel líquido inútil acumulado a lo largo de todo el día. Efectivamente, en la cena había exagerado bastante con el vino. Ponte tú a explicarle —me refiero a la vejiga— que una jarra de vino tiene el milagroso don de hacer incluso llevadera una melancólica y solitaria noche delante de una inútil variedad.

La cuestión es que necesitaba ir al baño, y el problema es que para llegar hasta allí tenía que encender la luz, ponerme las gafas, calzarme las pantuflas y arrastrarlas por el pasillo. Imposible que con todo aquel alboroto Sveva y Federico no se despertaran. Por eso me he quedado inmóvil durante otras cuatro horas, girado hacia un lado, ya que con la vejiga hinchada como un globo aerostático estar boca arriba requiere un umbral del dolor inhumano.

En resumen, la noche no ha sido de las más relajantes. Pero, por si aún fuera posible, el día ha ido incluso a peor. Durante el desayuno Sveva me ha anunciado que volvería a su casa por la noche. Yo he sonreído, pero estoy seguro que ha sabido leer la decepción en mi rostro, no tanto porque quizá estuviera decidiendo una vez más no tomar una decisión, sino porque su breve e inesperada visita me había hecho más feliz de lo que esperaba. Te acostumbras a la soledad y te olvidas de cómo la noche da menos miedo si tienes a alguien respirando a tu lado. De todas formas, la decisión estaba ya tomada y yo no podía hacer nada, así que me he limitado a tomar el café en silencio hasta que ella me ha pedido que llevara a Federico al colegio. En el pasado, su petición me habría hecho arquear las cejas. Sin embargo, esta mañana me he sorprendido a mí mismo al sonreírle con satisfacción.

Por eso, menos de una hora después, estaba con mi nieto delante del colegio. Allí me he parado y he mirado al cielo raso, donde unas cuantas nubes graciosas se dirigían aburridas hacia el Vesubio. No hacía día para encerrarse en clase. Entonces me he girado hacia mi nieto y he dicho:

—¿Sabes lo que vamos a hacer? —Él ha dicho que no con la cabeza—. No vamos a entrar, ya irás mañana al colegio. ¡Esta mañana te quedas con el abuelo!

Federico ha sonreído y ha abierto los ojos de par en par, permitiendo a un viejo arisco como yo sentirse, aunque fuera por una vez, mejor persona.

—¿Y qué hacemos? —ha preguntado.

Eso, ¿qué podíamos hacer? ¿Dónde llevaba a Sveva? Finalmente me ha venido la inspiración: Edenlandia, el parque de atracciones que ha acogido a todos los niños de Nápoles.

—Ven conmigo —le he contestado, dirigiéndome a la parada de los taxis.

Pues bien, de golpe me he encontrado un martes por la mañana dentro de un parque de atracciones al que no venía desde hacía más de treinta años. Cuando Federico ha entendido dónde nos dirigíamos ha empezado a gritar, y durante todo el trayecto en coche no ha conseguido tener las piernas quietas. El cuerpo siempre muestra nuestras emociones, bien sea meciéndose por la indecisión y el miedo, o agitándose por la felicidad. Esta última, de hecho, es mucho menos disimulable.

Desgraciadamente, la sonrisa con la que Federico ha entrado en el parque ha desaparecido en mi cara nada más cruzar la puerta de entrada. Él ha empezado a correr de una atracción a otra loco de la alegría, mientras que a mí no me ha quedado más remedio que conformarme con su entusiasmo, a pesar de la languidez melancólica que me atravesaba. Sí, yo soy como la cuerda de una guitarra, estoy en paz conmigo mismo hasta que alguien me tañe, y cuando esto ocurre, me pongo a vibrar hasta el infinito. Pues eso, que la vista de aquel lugar me había hecho volver atrás en el tiempo. Y a mi edad es muy peligroso ir hacia atrás.

Era el principio de los años setenta y Edenlandia vivía su máximo apogeo. Sveva era pequeña, y Caterina y yo habíamos decidimos llevarla por primera vez a ver el gran parque de atracciones, orgullo de Nápoles y de toda la península. Caterina estaba entusiasmada y nuestra hija no cabía en sí de gozo. El único que no había forma de que se sintiera entusiasmado era yo. Al menos hasta que no conocí a una chica, creo que se llamaba Debora, una joven de unos veinte años que estaba con otras dos amigas delante de un puesto de tiro con escopeta donde regalaban muñecos. Caterina y Sveva estaban atrapadas en la «Casa de los espejos», así que me acerqué a las tres chicas y empecé mi habitual y poco disimulado cortejo. No tardé en ganar el peluche que quería Debora, y así conquisté su corazón. Me dio las gracias y se alejó con sus amigas entre risas y miradas seductoras. Pasé el resto del día pensando en aquella sonrisa, en lugar de en la de mi hija que, mientras tanto, estaba como loca frente al espectáculo que nos rodeaba.

Habría podido ser el día perfecto, habría podido y debido sentirme en paz con la vida, con mi mujer que me dedicaba miradas amorosas, con mi hija que reía de alegría y me cogía de la mano, y con mi ciudad que había querido regalarme un día para ser enmarcado. Pero había conocido a Debora, su cuerpo atractivo, su risa un tanto infantil, su mirada cargada de sensualidad. Por eso fingí ser feliz como mi familia, aunque no fuera así, no tanto por la pérdida de la joven musa, sino por el hecho de que hubiese bastado ella, una chica como muchas, para que perdiera de vista la belleza de aquel día.

A la salida me la encontré de nuevo y, al verme con Sveva de la mano y Caterina a mi lado, me dedicó una mirada irónica y quizá un poco despectiva.

Agaché la cabeza por la vergüenza y me escondí detrás de una sonrisa torpe a mi hija.

Con Federico hemos pasado de la noria al «Jumbo», del trenecito a «Vieja América», hasta finalmente llegar al famoso «Dragón volador», algo así como un tren que lleva medio siglo dando vueltas para que los imbéciles como yo puedan atrapar un estúpido lazo que está colgado. Pues bien, hemos dado seis vueltas hasta atrapar el maldito lazo. A la tercera vuelta, Federico ha dicho que se aburría y que quería ir a comprar palomitas, pero yo no le he hecho ni caso: hasta que no consiguiéramos nuestro objetivo, no nos iríamos. Ya me había vuelto a poner a la cola para comprar la enésima entrada, cuando un señor de unos cuarenta años acompañado por su hijo mofletudo que comía algodón de azúcar, se ha colado con un movimiento ágil y ha alcanzado la taquilla.

Después de ochenta años en Nápoles, cualquiera aceptaría una regla muy sencilla: nunca te enfrentes a un tío cachas, lleno de tatuajes y con un marcado acento dialectal. No es la ciudad adecuada para hacerse los finos. Sin embargo, me he acercado al honorable señor y he exclamado:

—Amable caballero, ¿se ha dado usted cuenta de que hay una cola?

Él me ha dirigido una mirada aburrida y ha replicado:

—Ya he terminado.

Entonces se me han inflado las narices.

—Puede que no me haya explicado bien. ¡Usted tiene que ponerse detrás!

En ese momento me ha prestado su completa atención.

—¿Pero qué quieres? —ha contestado con tono confiado, pero no por ello amistoso.

—¡Que vuelva atrás! —he respondido vehemente.

Un señor detrás de mí ha tirado de mi brazo y me ha susurrado: «Déjelo». Si hubiese tenido tiempo, me habría girado para gritarle también a él, que, en realidad, lo único que quería era salvarme. Le habría dicho la verdad, que justo porque todos lo dejan, aquí hay gente que continúa siendo insolente. Pero no me ha dado tiempo, porque el energúmeno parecía bastante molesto con mis palabras y se ha acercado amenazador. Ya estaba listo para transformarme en coronel jubilado, cuando ha intervenido el chico de seguridad, ha entregado las entradas a mi interlocutor e, increíble pero cierto, le ha rogado que no hiciera caso. Y así ha hecho él, no ha hecho caso. Total, en Nápoles todos son maestros en esto, todos menos el aquí presente. Habría querido insistir, pero Federico me miraba asustado a mi lado. Entones he pagado y nos hemos sentado en el vagón, listos para dar otra vuelta más. Justo antes de que el tren arrancara, me he girado hacia mi nieto y le he dicho:

—Si de verdad quieres vivir aquí, no hagas como el abuelo, aprende aquel triste y desesperado arte que es el «déjelo».


Pensaba que el parque de atracciones me habría permitido rellenar todas las casillas todavía vacías de la función de abuelo. Sin embargo, una vez fuera, Federico ha exigido que fuéramos al zoo de enfrente, confirmando así mi teoría de que hay que dar lo mínimo indispensable para que los otros no se creen demasiadas expectativas. El caso es que después de haber aguantado los piratas, las naves espaciales, los caballos y los dragones, he tenido que asistir al melancólico espectáculo de los animales enjaulados, una experiencia que me habría perdido con mucho gusto.

He aprendido que el flamenco debe su color rosa al pigmento de un microcrustáceo con el que se alimenta, que solo el quince por ciento de los avestruces recién nacidos alcanza el primer año de edad a causa de sus múltiples depredadores, y que los cisnes negros son monógamos y pasan toda su vida con una única pareja. Sería bastante divertido si nosotros también nos volviéramos del mismo color de lo que ingerimos. Y qué tragedia sería si solo un pequeño porcentaje de niños alcanzara la edad adulta. Imaginaos si también el ser humano fuese monógamo y pasara la vida al lado de una sola persona. Solo algunos animales llegan a tanto.

De todas formas, he salido de allí satisfecho por haber regalado a mi nieto un recuerdo que, quizá, le acompañará durante gran parte de su vida. Y así paseaba yo tranquilo con Federico a mi lado, cuando me he cruzado con mi terrible vecino de casa. En realidad, él estaba en la acera de enfrente y no me había visto. Acababa de salir de un banco junto con otras dos personas con las que sonreía y charlaba. Al verle tan calmado y seguro, con su bonita chaqueta oscura, he dudado por un momento que se tratara de la misma persona que dejaba a Emma en semejante estado. Me he quedado mirando a aquellos individuos bien vestidos que charlaban y gesticulaban, siluetas como tantas otras, invisibles; tres figuras que, si no fuese por la presencia de él, habrían pasado ante mis ojos para luego desaparecer aquel mismo día, un poco como las nubes de la mañana.

A primera vista no había nada de malo en mi vecino: elegante, cara limpia y sonriente, aspecto confiado. A pesar de ello, solo con mirarle me entraban escalofríos. ¿Cómo puede un hombre tener dos apariencias? ¿Cómo hace para que las dos no se contagien mutuamente? ¿Por qué para el resto de la gente el mal suele ser imperceptible? Puede ser porque está oculto bajo la superficie. Como las nubes, que tienen la cabeza iluminada por los rayos del sol, pero el cuerpo negro y cargado de rabia.

—¿Quién es? —ha preguntado de repente Federico.

—Un amigo —he contestado sin vacilar.

He seguido mirando al enemigo hasta que él se ha percatado de mi presencia. Solo entonces se le ha borrado la sonrisa del rostro. No soy cobarde o, por lo menos, lucho cada día por no serlo. Sin embargo, frente a aquellos ojos depredadores he sentido algo muy parecido al miedo. Pero después me he dicho que era él quien tenía que tenerme miedo, no al revés, así que he aguantado la mirada hasta que el asqueroso se ha girado de espaldas y ha desaparecido. Luego he seguido caminando con Federico de la mano.

—¿No lo saludas? —me ha preguntado.

—En otra ocasión —he contestado.

Entonces me he metido en el primer bar y he ido rápidamente al servicio. Un poco más y me lo habría hecho encima.

# LA PECERA

Platos que se hacen añicos. Un grito, luego un golpe seco. Otro grito. Enciendo la luz, me siento en la cama y espero. Al cabo de un rato oigo más jaleo, como de muebles desplazados, sillas arrastradas y, finalmente, cerámica que se rompe. Más gritos. Me levanto y me pongo la bata. Voy por el pasillo, cuando la puerta de los vecinos se abre. Oigo correr por las escaleras y me asomo por la ventana. Pasados unos segundos él sale del portal y se va directamente al coche. Salgo rápidamente al rellano, donde está esperándome Eleonora Vitagliano. Está inmóvil y mira la puerta entornada de Emma.

—¿Has oído? —susurra.

Asiento. No tengo tiempo ni para preocuparme por la loca de los gatos. Me acerco a la puerta y la abro de par en par. Eleonora se coloca detrás de mí.

—Eleonora, por favor —exclamo con poco tacto.

Ella murmura algo y se aparta. Toco el timbre, las manos me tiemblan más de lo habitual. Si esta historia no acaba esta noche, juro que voy a la policía.

Emma no contesta. Debería entrar en la casa, pero me quedo en la puerta. Algo me retiene y no es la señora Vitagliano que, al contrario, casi me empuja con la mirada. Tengo miedo, del de verdad, del que se siente solo pocas veces en la vida y te paraliza los músculos y el pensamiento. El problema es que a mi edad no puedes hacerle mucho caso, ya que, si no, acabas en un sillón, mirando el mundo desde lejos, como Marino. Por eso abro y me meto en la casa.

La entrada está oscura y la única luz llega desde una habitación al fondo a la derecha. Querría correr hasta allí para asegurarme de que Emma esté bien, pero las piernas no me sostienen, la cabeza me da vueltas y la catarata no me permite vencer la oscuridad. Entonces me enfrento al pasillo con calma, con las manos inseguras que preceden mis pasos y me abren camino entre los muebles.

Emma no está en la cocina. Hay platos y vasos hechos añicos, una silla volcada, tres cajones abiertos. Entonces veo unas manchas rojas. Sangre. Las gotas se suceden una detrás de otra indicándome el camino, como las migas de pan de Hansel y Gretel.

—Emma —susurro.

Ella no contesta. Dios mío, por favor, haz que esté bien, que pueda morirme sin asistir a una nueva tragedia. Enciendo la luz del pasillo. Los rastros de sangre me llevan hasta el baño. Las toallas están en el suelo, como también lo están la pastilla de jabón, el vaso con los cepillos de dientes y la cortina de la bañera. Las gotas se han convertido en huellas de pies descalzos.

Necesito orinar.

Desde el rellano llega la voz de la loca de los gatos, pero no logro entender sus palabras; me parece estar en un mundo sordo, de volver a estar rodeado por líquido amniótico.

—Por favor —me oigo murmurar—, ayúdame tú, como has hecho siempre.

Pero Caterina está lejos, como la voz de la señora Vitagliano, como mis hijos, como Rossana, como Marino. Están todos lejos de mí y de lo que aquí ocurre. El hedor a mierda no puede llegar hasta ellos.

Fuera del baño hay un mueblecito volcado, agua en el suelo y trozos de cristal. Un poco más allá un pececito rojo se agita y jadea.

Si pudiera, amigo mío, correría a salvarte, te metería en el lavabo y abriría el grifo. A nadie se le debería negar el oxígeno. Te entiendo, no sabes cuánto, pero no puedo ayudarte, ahora no. Lo siento.

Me giro y entro en la habitación de frente, el dormitorio. Las puertas del armario están abiertas, hay unos vestidos en el suelo. Encima del colchón hay una maleta a medio llenar, a mis pies un zapato manchado de sangre. Mis piernas están a punto de flaquear y me abandonaría en la cama, si no viera una mano sobresalir por detrás del mueble. No sé cómo, pero en un instante me veo arrodillado al lado de Emma. Tiene los ojos abiertos y agoniza, la boca ensangrentada, la cara hinchada, un brazo debajo de la cadera en posición antinatural, y una gran mancha de sangre que se expande debajo de la nuca. A su alrededor hay fragmentos del espejo de la pared, en el que todavía se puede ver el punto exacto donde la cabeza ha chocado contra el cristal. Varios riachuelos de sangre bajan por la pared y gotean en el suelo a pocos centímetros de lo que queda de Emma.

Crees haber visto de todo en ochenta años de vida, de estar preparado para cualquier ocasión y de poder hacer uso de tu experiencia. Sin embargo, te das cuenta de no saber nada; que las enfermedades, los disgustos y los traumas que te han marcado no han servido para fortalecerte. Nunca se aprende cómo hacer frente al dolor, se vive y punto. Como estoy haciendo yo ahora, sin darme cuenta.

Agarro su mano y le miro los ojos. Ella querría hablar, pero no puede. Levanto la mirada. En la puerta está Eleonora Vitagliano, que contempla la escena con la boca abierta de par en par.

—Llama al ciento doce —le digo.

Ella se queda inmóvil.

—¿Has oído lo que te he dicho? —grito.

La loca de los gatos asiente y desaparece de mi vista.

—Ahora llega la ambulancia, no te preocupes. Verás como en unos días te habrás recuperado.

En la cama hay una toalla. La cojo y se la pongo debajo de la cabeza para intentar parar la hemorragia. No sé si estoy haciendo lo correcto, pero actúo por instinto, no tengo tiempo para reflexionar. Me esfuerzo en sonreírle y en no mirar la mancha que se agranda a ojos vistas. Pero, como he dicho, no se me da bien fingir, ella se tiene que estar dando cuenta, porque me mira con ojos empañados que parecen implorar que no la abandone.

Conozco esa mirada, es la misma con la que Caterina me mandaba callar. Por eso me esfuerzo en abrir la boca, aunque no sepa qué decir. La vida me está dando una segunda oportunidad y esto no suele ocurrir.

—No pienses en nada. Ahora iremos al hospital, te curarán y luego empezará un nuevo camino. Te juro que tendrás lo que mereces, ¡aunque sea lo último que haga este viejo atontado que tienes delante!

Esta vez sonríe y me aprieta suavemente la mano. Su sangre se va secando y hace que nuestro apretón se haga más firme. Eleonora aparece otra vez por la puerta y nos dirige una mirada compasiva. Asiento y vuelvo donde Emma. Me parece que sus ojos estén perdiendo brillo.

—O mejor, ¿sabes qué te digo? Cuando te hayas recuperado nos iremos a hacer un bonito viaje. Hace años que no me muevo. Eso, claro está, solo si a ti te parece bien. Entiendo que la compañía de un viejo no sea tu máxima aspiración, pero tendrás que acostumbrarte, ¡no te librarás tan fácilmente de mí!

Ella vuelve a sonreír o, al menos, así me lo parece. O así me gusta pensar. En realidad, su apretón de mano empieza a hacerse débil, y la toalla ya está totalmente roja y empapada. Siento la necesidad de llorar e ir al baño. Unos minutos más y me lo hago encima. Entonces sigo charlando, a la espera de que llegue la ambulancia.

—Pero te aviso, no soy un gran compañero de viaje. Soy perezoso, no sé sacar una foto porque me tiemblan las manos, mi colon de vez en cuando hace de las suyas, y soy también bastante arisco. Pero ya sabes, ¡con los viejos hay que tener paciencia!

Esta vez soy el único que sonríe. La señora Vitagliano ha encontrado el valor para meter un pie en la habitación y nos mira como si fuéramos dos fantasmas. Emma está pálida y me parece que su sudor es frío. Tiembla. Agarro la sábana que está encima de la cama y la tapo. Luego me acerco a su oído, a pocos centímetros de la mancha oscura que sigue inexorable su camino hacia el rodapié. La sangre nos asusta. Nuestro cuerpo nos asusta, nos resulta oscuro y extraño, como el espacio; por eso intentamos restarle peso a ambos, para no quedar aplastados.

—¿Quieres que te cuente algo divertido, un secreto que no he revelado nunca a nadie? —susurro—. Aquella Emma de la que te hablé, la mujer de la que estuve locamente enamorado. —Emma mueve las pupilas, está escuchando lo que digo—. Era más joven que tú cuando la conocí, y nunca logré conquistarla. ¡No me mires así! Estaba casado, pero nunca he dicho que fuera un buen hombre.

La loca de los gatos gira un poco la cabeza para intentar escuchar mis palabras, pero está demasiado sorda como para captar algo.

—En cualquier caso..., no te he contado la peor parte. —Espero unos segundos. Pensaba llevarme este secreto a la tumba y, sin embargo, me encuentro confesándolo a una chica que he conocido hace nada—. Emma es la hermana de mi mujer.

Esta vez estoy seguro de que ha entendido. Su mano, aunque sea suavemente, se estrecha alrededor de la mía. A lo mejor, si pudiese, Emma me tildaría de cabrón. En este tipo de cosas las mujeres son muy solidarias. Por eso nunca se lo he comentado a nadie, ni a Rossana. Quizá por eso he decidido hacerlo ahora, a la única persona que no puede contestarme.

—De todas formas...

Intento seguir, pero en aquel instante irrumpen en la habitación dos enfermeros que me alejan de ella bruscamente.

Me quedo en el suelo observando cómo Emma es asistida por

unos individuos que se mueven en armonía y parecen saber lo que hacen. No hablan entre ellos, uno actúa, el otro controla sus latidos y luego le observa las pupilas. «No, no le miréis los ojos –querría gritar–, están apagados, pero pronto volverán a encenderse. No os deis cuenta de que Emma se está muriendo, por favor». Intento levantarme, pero me veo obligado a apoyarme inmediatamente en la cama. El mundo a mi alrededor da vueltas. Los dos enfermeros siguen encargándose de Emma, le agarran el brazo que tiene debajo de la cadera y lo giran. Decido que es demasiado, salgo de la habitación, de la casa, y llego al rellano, donde mientras tanto se han apiñado los vecinos. Paro con la mano a Marino, que viene a mi encuentro; me dirijo hacia la ventana de la planta, la abro y vomito. Una ráfaga de aire fresco choca contra mi cara y solo entonces tengo la impresión de volver a respirar. Unos metros más abajo, la sirena de policía colorea de azul las caras de las pocas personas que están paradas mirando hacia arriba. Vuelvo a la casa, Emma está en la camilla y tiene los ojos cerrados. No hago preguntas, no quiero oír respuestas. Llegan dos policías que miran a su alrededor con aire pensativo y luego llaman a sus compañeros por radio. Uno de los dos me mira, quizá querría acercarse, pero afortunadamente los médicos disuaden su atención con una pregunta:

—¿Viene usted con nosotros? —dicen, dirigiéndose a mí.

Asiento. Los policías tendrán que esperar. Total, saben que no puedo haber sido yo, un viejo no tiene fuerza para organizar tal desastre. La locura debería esperar a llegar a la tercera edad para manifestarse, haría muchos menos daño.

Sigo la camilla. Emma ya no está consciente. Fuera del dormitorio mi mirada se dirige hacia el pez rojo. Ya no se agita, ha dejado de sufrir. También en la vida de un pobre pez la suerte es importante; estaba en el sitio y en el momento equivocados. Si hubiese acabado en mi casa, ahora estaría vagando plácidamente en su pecera, como mucho quejándose por el rollo en el que estaría obligado a pasar su existencia.

Nadie puede elegir dónde se pondrá su pecera, si en la tranquila cocina de un viejo jubilado o encima del taquillón de una casa en la que ocurrirá una tragedia. Como se suele decir, es el destino el que decide. Y a veces puede decidir que nuestro mundo se quiebre en mil pedazos, y que a nosotros no nos quede más remedio que boquear con la esperanza de que algún alma piadosa pase por allí y nos recoja.

El problema es que, a menudo, la espera es más larga que la agonía.

## «EL CINCO DE MAYO»[6] DE MEMORIA

El reloj marca la 01:21 h. La última vez que levanté la mirada, las agujas marcaban la 01:18 h. Tres minutos y sin embargo a mí me parecen una eternidad. El pasillo está vacío, solo me acompaña el zumbido de una máquina de café que hay al fondo y el olor a alcohol que flota en el aire. Ella está dentro, la están operando desde hace un par de horas. Antes de cerrarme la puerta en las narices, un médico me ha apartado a un lado y me ha dicho que fuera esperando lo peor. No he tenido fuerza para contestar, aunque tendría que haberlo hecho, habría tenido que agarrar al médico de la bata y empujarlo contra la pared para luego gritar: «Entra ahí y salva la vida de esa chica. ¡Y no me digas lo que tengo o no tengo que esperar!».

Nadie tendría que molestarse en decir a los demás lo que no tienen que esperar de la vida. Yo espero que Emma salga con los ojos abiertos, espero que me mire y sonría, que luego deje que le coja la mano. Espero que el pequeño que lleva dentro tenga la oportunidad de asomarse a este mundo de locos, y que aquel hijo de puta acabe detenido y tirado en una celda. Espero que la vida no

---

6 Oda dedicada a la muerte de Napoleón, escrita por Alessandro Manzoni.

221

decida hacerme presenciar otra tragedia, quizá la peor. Demasiadas cosas espero, como para que un hombre que ni siquiera conozco se permita darme consejos.

Me miro el puño de la camisa manchado de sangre y luego vuelvo a mirar el reloj. ¿Cuánto tiempo hará falta? ¿Cuánto tiempo hace falta para salvar la vida de una chica? ¿En manos de quién ha caído la responsabilidad? Quién sabe lo que habrán hecho aquellas manos a lo largo del día. Habrán apretado otras manos, tenedores, servilletas, puede que cigarros, un bolígrafo, un volante, una pastilla de jabón, un libro, los dedos de un niño, un bisturí.

Aquí fuera tendrían que estar los padres de Emma, algún familiar, al menos un tío lejano. Pero estoy yo solo, como ella detrás de aquella puerta. Intentamos rodearnos de personas con la ilusión de sentirnos menos desprotegidos, pero la verdad es que en el quirófano entramos solos. Nosotros y nuestro cuerpo, nada más.

La 01:31 h.

Se dice que los viejos nos hacemos egoístas. Yo siempre lo he sido. Sin embargo, ahora estoy aquí, esperando noticias de una mujer que conozco desde hace poco y a la que creía poder ayudar. Por desgracia, la vida me ha enseñado que nadie puede ayudar a nadie. Nos salvamos nosotros mismos, si lo queremos.

Me levanto y me dirijo hacia la máquina de café. No debería beberlo, no a estas horas y no a mi edad; pero hay tantas cosas que no debería hacer, que el café no será la primera ni la última. Me lo tomo de un trago y salgo a fumar un cigarro. Fuera hay unos enfermeros que charlan de turnos al lado de una ambulancia. Los hospitales son lugares extraños, donde las alegrías se contienen para no molestar demasiado a las penas: en la planta de arriba hay una chica feliz con un bebé al que da el pecho, y en el quirófano una mujer de la misma edad que lucha por aferrarse a la vida. Doy tres caladas y vuelvo a mi sitio. A veces habría que apagar el cerebro, otra de las cosas sobre las que no tenemos poder.

Noto unos pasos. Levanto la cabeza y mis ojos se cruzan con la mirada distraída de un médico que pasa de largo. Solo cuando ya está de espaldas entiendo que se trata del médico que aquella noche nos hizo un montón de preguntas. Por suerte para él, sigue recto y no parece reconocerme; si no le habría tenido que explicar lo ocurrido y ahora tendría que cargar con una pila de remordimientos. Él, al igual que yo, habría podido evitar todo esto.

Me vuelvo a levantar y voy al servicio. El espejo refleja mi rostro enjuto, las ojeras, la barba sin arreglar y la sangre de Emma un poco por todas partes. Después del infarto, el médico dijo que debía tomar medicinas, no beber, no fumar, dormir a ritmos regulares y no someterme a estrés. Pasados tres años, puedo confesar que he violado cuatro de las cinco reglas; solo tomar las medicinas me separa del pleno. Querría tener delante al médico de entonces para preguntarle cómo se hace para acabar con el estrés, si él conoce algún truco para lograrlo. La ansiedad es un estado fisiológico para el hombre; para derrotarla sería necesario eliminar la conciencia, como en los recién nacidos o en los animales.

Yo tengo una teoría al respecto. Considero que las cosas fueron bien hasta la creación del mono. Luego se tuvo que atascar algo en el mecanismo y salió el hombre, un ser demasiado inteligente comparado con las tareas que le fueron asignadas. La inteligencia es un bien precioso y, como tal, debería tener un objetivo preestablecido. A nosotros, sin embargo, no nos sirve casi para nada, excepto para inventar objetos cada vez más raros que nos hacen creer que somos perfectos. No nos ayuda a entender el porqué de nuestra presencia en la Tierra, no nos hace menos vulnerables que otras criaturas. En fin, no proporciona respuestas, sino que crea nuevas preguntas. Y demasiadas preguntas producen infelicidad. No sé si en la naturaleza hay seres vivos, aparte del ser humano, que se quiten la vida, pero de ser así, nosotros seríamos los únicos en hacerlo por el mal de vivir. ¿Por qué? Porque quien nos modeló se equivocó en mezclar los ingredientes, por eso.

Pero a propósito de teorías atrevidas, volvamos a los médicos. Voy a ser sincero, la profesión me cae un poco como el culo. No a todos, faltaría más, pero a la mayoría les gusta sentirse superiores. Salvar una vida humana puede llevar a confusión, es verdad, pero cada uno de nosotros debería tener siempre en mente un pequeño y determinante pensamiento: nos encontramos dando vueltas en una pequeña pelota que gira alrededor de una estrellita amarilla como tantas otras, dentro de un minúsculo sistema solar que se encuentra en una zona periférica de una pequeña galaxia con forma de espiral, que se mueve con gran lentitud. Solo es una cuestión de perspectiva. Somos como hormigas. Y a pesar de eso, los hay todavía que pierden el tiempo sintiéndose más importantes que la hormiga que está a su lado.

Me estoy volviendo loco, no estoy hecho para la espera. Si me quedo demasiado tiempo mirando la pared, empiezan a aparecer dragones alados y arpías con dos cabezas que se alimentan de mi ansiedad para crecer y salir del letargo forzoso en el que los mantengo.

Necesito una cerveza.

Fuera el tiempo es húmedo y las calles están desiertas. Por suerte, todavía hay un bar abierto enfrente, con una mujer de unos sesenta años detrás de la barra, con el pelo teñido desde hace unos meses y atado con una goma, barriga prominente y mirada torva. Le pido una cerveza. Ya estamos, me está examinando: un viejo decrépito que a las dos de la mañana se toma una Peroni en soledad. En un escuálido bar, añadiría. No me juzgues, fea gordinflona, no sabes nada de mí. ¿Acaso juzgo yo ese bracito fofo que tiene tatuado un tribal? Es un espectáculo penoso, pero es asunto tuyo, tendrías tus motivos si hace tiempo decidiste hacerte un tatuaje sin pensar que luego tu bonito antebrazo se convertiría en algo parecido a una manita de cerdo.

Pago y salgo. Frente a mí sigue el Vesubio, con sus miles de luces que trepan hasta casi la cumbre. Se dice que en Nápoles, te gires donde te gires, ves el mar. En realidad, creo que la presencia del volcán es bastante más invasiva. Es él el que te encuentras en cualquier lado donde dirijas la mirada. Son sus jorobas las que buscamos para tomar el camino hacia casa. Es su energía la que, como la lava, penetra entre los edificios y enciende los callejones.

Me quedaría con gusto a disfrutar de la ciudad de noche, que dormita plácida y feliz, pero no me fío: sé que a las primeras luces la criatura se despertará y volverá a tener hambre. Por eso vuelvo a entrar y a sentarme en mi sitio.

La 01:56 h.

Me remango la camisa y me doy cuenta de que las manos todavía me tiemblan. Me paro a observarlas y me parecen tan frágiles, con sus manchas y la piel arrugada. Me suele ocurrir, cuando me miro al espejo, no reconocerme. Por qué será que siempre guardamos mejor recuerdo de nosotros mismos. Cada vez que veo mi cuerpo reflejado, me parece casi estar viendo un pijama sucio tendido al aire.

Suena el teléfono, es el número de casa de Marino. Debería contestar, pero no puedo. ¿Qué le diría, que todavía no sé nada y que acabo de ventilarme una cerveza?

Cuando llevaba aquí un rato han llegado dos policías. Uno de ellos, con un perfume demasiado dulzón, se ha acercado para hablarme.

—Ha sido su marido —he oído pronunciar a mi voz afónica—, pero ahora espero a Emma. Luego os contaré todo.

Él me ha mirado. Quizá habría querido intervenir, habría podido hasta obligarme a testificar. Sin embargo, ha hecho un gesto con la cabeza y se ha alejado, dejando que la estela de perfume se disolviera en pocos segundos, devorada por el olor a alcohol.

La puerta al final del pasillo se abre.

Ya estamos. Ha llegado el momento de conocer el veredicto.

Me levanto de golpe y noto un mareo mientras los latidos del corazón aumentan. El médico me mira, yo le correspondo y voy a su encuentro con paso inseguro. A mi edad no he aprendido todavía a gestionar la ansiedad. En realidad, son muchas las cosas que no he aprendido y que nunca nadie me ha explicado. Nos enseñan las ecuaciones, a aprendernos el «Cinco de mayo» de memoria, los nombres de los siete reyes de Roma, pero nadie nos enseña cómo enfrentarnos a los miedos, cómo aceptar las decepciones, dónde encontrar el valor para soportar el dolor.

# LA TERCERA DE TRES MUJERES INALCANZABLES

Hay una gran diferencia entre el amor que sientes por una mujer que nunca podrás tener y el que sientes por una que tienes. El primero brillará para siempre, mientras que el segundo tenderá a apagarse, como el Sol dentro de unos miles de millones de años. Ambas extinciones traen unos cuantos problemas, pero hablamos de mujeres, no de astros, aunque piense que sería más fácil hablar de los segundos.

Emma es la hermana de mi mujer, unos años más joven que ella. Cuando conocí a Caterina, Emma tenía unos veinte años. En un primer momento no me fijé en ella, de jóvenes intentamos flirtear con mujeres mayores para sentirnos importantes. Esto, a fin de cuentas, tampoco es un error crucial, ya que para echar el ojo a las más jóvenes tenemos toda la vida por delante.

De Emma me enamoré despacio, paso a paso. Cuando la pasión hacia mi mujer empezó a menguar, sentí rabia y desconcierto. Rabia hacia mí mismo, porque no conseguía mantener el amor, desconcierto porque la mujer que ya no me suscitaba emociones estaba en mi cama cada noche. Así que decidí tener dos hijos con ella, por lo menos ellos darían un significado a mi historia de amor sin amor. Lo sé, no fue un bonito gesto, pero estoy seguro de que muchos saben de lo que hablo.

De todas formas, en un momento dado, sucedió lo imprevisto: Emma se separó del marido y Caterina la invitó a mudarse a nuestra casa durante un tiempo para ayudarla con el niño pequeño. Ella tenía veintiséis años, yo casi cuarenta. Sin embargo, en aquel periodo me pareció volver a ser joven. Mi mujer por aquella época ya apretaba las mandíbulas para encajar los golpes, mientras Emma recorría su camino todavía con la boca abierta. Su mirada y su cuerpo emanaban vida y ligereza, sensaciones extrañas para mí desde hacía un tiempo; y me dejé capturar por tal esplendor. Las ganas de juventud son contagiosas; si te rodean, no puedes prescindir de ellas. Unos hombres cambian de familia, vestuario y casa solo a cambio de una gota de vitalidad y unos años de despreocupada adolescencia. Yo no cambié ni de familia ni de casa ni de mujer. Lo de Emma fue un amor platónico, pero aun así fue una de las relaciones más intensas de mi vida, lo que confirma que cuanto más irrealizable es un deseo, más intensamente arde.

Emma y yo nos dejamos arrastrar por un torbellino pecaminoso de miradas robadas, manos que se rozaban y abrazos nunca lo suficientemente intensos. Hay que tener mucha paciencia y poco valor para pasarte la vida al lado de una mujer que no amas, sobre todo si en la habitación de al lado está la que deseas. De todas formas, pasados unos meses ella se fue, y la casa se quedó de golpe vacía y silenciosa. Intenté olvidar a Emma y aquella etapa, pero Caterina siempre me hablaba de ello. Una tarde, recuerdo que se estaba echando crema en las manos, me reveló que la hermana se había enamorado del instructor de esquí de su hijo y que el verano lo pasaría en su casa, en Trentino. Por la noche no pude pegar ojo, me imaginaba a Emma entre los brazos de un hombre musculoso, con el rostro bronceado y lleno de arrugas, y el aliento con olor a aguardiente. Lo reconozco, es un cliché, pero también el hecho mismo de salir con el instructor de esquí entra dentro de los clichés. Sin embargo, ella se fue de verdad a las montañas y se quedó dos meses. Cuando volvió, su intensa historia de amor ya se había acabado, el instructor había entendido que una madre soltera es más peligrosa que una pista negra helada, y había preferido cambiar de rumbo.

Aquel otoño Emma vino a menudo a cenar a nuestra casa para que nuestros hijos estuvieran juntos. No os cuento la sensación que me invadía cada vez que me giraba y me daba cuenta de que me estaba mirando. Ella rehuía la mirada de inmediato y a mí no me quedaba otra que contemplar su figura como un idiota, con la vana esperanza de que encontrase el valor para que nuestros ojos se cruzasen de nuevo.

Emma tenía todo lo que Caterina había perdido: la piel suave, la sonrisa embriagadora y la mirada seductora. ¿Cómo resistirse? De hecho, una noche perdí el control y, con la complicidad de una manta que me cubría, me lancé hasta donde nunca había llegado. Estábamos sentados en el sofá Emma, Caterina y yo, viendo una película. Los niños ya estaban dormidos. En fin, no sé si sería por culpa de aquella película aburrida, pero en un momento dado noté sus dedos a pocos centímetros de los míos y me abandoné al más clásico de los gestos adolescentes: apretarle la mano. Tardé veinte minutos en agarrarla, como si fuera un caracol que arrastra con dificultad su caparazón. Al final, Emma se giró y me miró asombrada. Habría tenido que desistir, pero mantuve su mirada y no retiré el brazo. Nos quedamos así, como una pareja joven que se sobresalta cuando descubre el cuerpo del otro, más concentrados en un mínimo movimiento de pulgar que en la trama de la película.

Caterina, que estaba a mi lado, no se dio cuenta de nada. Ella nunca se dio cuenta de nada. O, quizá, disimuló muy bien para que yo me lo creyera. De todas formas, este fue el gesto más íntimo que me unió a Emma. Después de aquella noche ella se volvió huidiza, me evitaba, y si se veía obligada a dirigirme la palabra, lo hacía sin mirarme a los ojos. Se sentía culpable. Normal, cualquiera en su lugar se habría dejado vencer por las tribulaciones. Cualquiera, excepto yo. Entonces no conocía aquel sentimiento anómalo que me visitaría mucho tiempo después. Durante años he ido amontonando disgustos y remordimientos en una esquina, estaba claro que en un momento dado aquella construcción iba a desmoronarse.

Esperé unos meses para aclarar la situación. Era Navidad y toda la familia estaba reunida alrededor de la mesa. Emma se sentó en el lado opuesto al mío. El tiempo de las miradas cómplices parecía haber terminado; hasta yo empezaba a sentirme avergonzado en su presencia, dudoso sobre si realmente sentía deseos hacia mí. Puede que me hubiese hecho ilusiones, que hubiese malinterpretado algunos de sus comportamientos, puede que mi ilimitada autoestima me hubiese hecho dar un paso en falso. Pero aun así, cuando se levantó para ir a la cocina, la seguí con una excusa. Por suerte, las voces que llegaban del comedor me alertaban de posibles intrusiones imprevistas. Emma estaba de espaldas, así que la agarré por las caderas y le dije:

—Sé que sería una locura, pero ya me conoces, ¡la rutina me aburre!

Está claro que la mía no fue una gran declaración de amor, pero ella se rio, ya que había aprendido a conocerme. Pero pasados unos segundos se puso seria, me miró y contestó:

—Cesare, estás loco, ¿lo sabes? ¡Esto tiene que acabar!

—Nunca ha empezado.

Ella suspiró y agachó la cabeza. Recuerdo que por un instante pensé en besarla, pero luego me dejó helado.

—¿Por qué has tenido dos hijos con ella si no la quieres?

La pregunta del millón. Me habría tenido que sentar, encender un cigarro y disertar durante horas sobre el hecho de que para llevar una vida realmente digna, hay que tomar decisiones importantes cada mañana. Desgraciadamente, para mí elegir es agotador, nunca lo he hecho, por eso en el trabajo nunca llegué a nada.

Por supuesto, contesté de forma completamente diferente:

—Estamos hablando de nosotros, no de Caterina.

Entonces ella estalló:

—¡Caterina es mi hermana, parece que a ti no te importe!

Le tapé la boca con la mano para evitar que su tono resentido llegase hasta el comedor. Emma no forcejeó. Entonces encontré el valor para acariciarle el cuello. Fue un acto de pura valentía, tengo que admitirlo; habría podido darme una torta y desaparecer de allí. No sé entonces cómo habría hecho para volver a la mesa. Sin embargo, dejó que mis dedos rozaran su suave piel antes de entornar los ojos. Entonces pensé: «Vamos, Cesare, ahora, tienes que besarla». Y juro que lo habría hecho si mi sobrino no se hubiese caído del triciclo justo en aquel momento y se hubiera puesto a llorar y a llamar a su mamá como un loco. Dos segundos después, Emma ya estaba allí y el momento se había esfumado. La misma noche encontré una nota en el bolsillo de mi chaqueta. Ponía: *No podemos*.

Todavía hoy me encuentro pensando en aquel fatídico episodio. Puede que fuera el destino el que hizo de las suyas. Debería estarle agradecido a mi sobrino, ya que con su caída logró robar un recuerdo que habría podido avergonzarme. Pero en lugar de ello, solo pienso que añadió otro arrepentimiento a mi ya imponente construcción.

Emma tuvo otras dos relaciones serias a lo largo de los años. Durante mucho tiempo me la encontré solo en las fiestas familiares. No me dedicó ni una de aquellas miradas que me hacían estremecer. Unos años después se dejó convencer por su hermana para que pasásemos el verano juntos. De aquella época recuerdo la casa que daba a la playa, el olor de las brasas por la noche, el canto incesante de los grillos en el silencio de la noche, el chirrido de la puerta del jardín, el sonido de las gaviotas por la mañana temprano, el pelo mojado de Emma que goteaba por sus hombros cuando volvía del mar. Habían pasado ya diez años desde que empezara a mirarla de manera diferente, y su belleza, si esto era posible, había aumentado.

Nunca la deseé tanto como aquel verano, aunque ella no me

diera la oportunidad de cortejarla. Si se daba cuenta de que la miraba, se alejaba con cualquier excusa y corría a abrazar a su pareja, un simpático contable que un par de años más tarde le confesó que era homosexual. Cuando lo supe me entraron ganas de correr y darle de hostias: «Vamos a ver, yo llevo babeando detrás de ella desde hace la torta de tiempo y tú, que puedes meterte en su cama cada noche, ¿sales ahora con que eres gay?». De todas formas, casi al final de las vacaciones, Emma cedió y me devolvió una de mis miradas cómplices. Entonces, una tarde, mientras todos dormían en casa, la alcancé en la playa. Me tiré al agua y, en pocas brazadas, estaba a su lado. Ella se puso pálida, pero no dijo nada. Todavía puedo leer en aquel rostro el deseo de besarme, aunque al cabo de un rato me soltó esta frase:

—Cesare, puede que para ti todo sea un juego, pero ¿quieres saber una cosa? Para mí no. Yo he estado enamorada de ti desde siempre, desde que me miraste la primera vez. Hace diez años que huyo de ti y no tengo ninguna intención de ceder ahora.

Me quedé de piedra. Una cosa es esperar que la mujer por la que estás loco te corresponda, y otra es tener la certeza de ello.

—Para mí no es ninguna broma —repliqué serio.

—¿Y qué es, entonces?

Me acerqué a su boca. Sus ojos iban de mis labios a mis ojos. La habría besado, luego le habría confesado de una vez por todas que la amaba, puede que hasta le hubiera revelado que quería dejar a su hermana. Pero llegó Sveva, que por aquel entonces tendría unos doce años. Oí su voz detrás de mí y casi se me sale el corazón por la boca. Se estaba bañando con unas amigas a escasos metros y me miraba confusa, intentando interpretar la extraña escena que había presenciado.

Emma se puso roja y se lanzó hacia atrás. Yo, sin embargo, me metí debajo el agua y me quedé allí unos segundos, el tiempo necesario para recuperarme del trauma y para inventar una excusa razonable.

—Cariño —dije finalmente cuando salí a flote.

—¿Qué hacéis?

—Nada, tu tía me estaba contando una cosa, nada importante —contesté con una sonrisa idiota.

Emma fue más rápida, se acercó a su sobrina y le cuchicheó en el oído:

—Tu padre es un cotilla, ¡siempre quiere saber los asuntos de los demás!

Mi hija nos miró y luego decidió soltar una risita. Desde entonces no he vuelto a hablar de aquel episodio con Sveva, pero sé que ella lo sabe y que tarde o temprano me lo soltará. De todas formas, aquella fue la última vez que estuve cerca de besar a Emma. Cuando muchos años después Caterina murió, ella me dio un largo abrazo, como nunca antes lo había hecho, y me murmuró al oído: «Dame las gracias, ¡ahora tendrías un gran remordimiento con el que vivir!».

No contesté, habría tenido que llevarle la contraria allí, al lado del lecho de muerte de mi mujer. El remordimiento, querida Emma, vive conmigo y me despierta cada mañana. ¿Y sabes lo que me susurra?: «Te atas a algo o alguien cada vez que no eliges».

# HIPÓTESIS NO BARAJADA

Nápoles al amanecer parece austera y elegante. Las calles vacías, los coches que yacen silenciosos aparcados con escarcha en los cristales, el sonido de alguna gaviota a lo lejos, el ruido ensordecedor de una persiana metálica que se levanta, el olor a bollos que flota entre los callejones, el tintineo de las tacitas de café proveniente de los pocos bares abiertos. No se oyen ni voces ni gritos ni risas, y aquellos pocos seres humanos que vagan por las calles parecen respetar la solemnidad del momento. Puede que la ciudad sepa que Emma ha muerto y que esta noche este pobre viejo que se tambalea ha recibido el enésimo golpe bajo de su vida. Nápoles respeta el dolor ajeno porque sabe bien de qué se trata.

Necesito un café. Entro en un bar y me agarro a la barra. El camarero me mira intrigado antes de servirme. No debo tener buen aspecto. Si Sveva supiera cómo he pasado la noche, me echaría una reprimenda. Pero esta vez no tengo la culpa, esta vez solo he hecho lo que cualquiera en mi lugar habría hecho, intentar salvar la vida de una joven inocente.

Los *carabinieri* me han informado de que han atrapado al marido, que vagaba por las calles aturdido. Qué raro, no logro sentir rabia hacia él. La muerte de Emma ha anulado mis emociones, hasta llorar me parece imposible.

En cuanto he visto al médico venir hacia mí he entendido, su rostro no prometía nada bueno. Sin embargo, he seguido deseando que dijera que había una pequeña esperanza, que Emma estaba en coma, pero que quizá se habría podido despertar; que podía quedar tetrapléjica, pero viva. Si miras la muerte a la cara, entiendes que todas las cosas que se dicen, tipo «preferiría morir antes que quedarme toda la vida en silla de ruedas», son tonterías. Cuando llega el momento de elegir estamos dispuestos a cambiar lo que sea con tal de seguir viviendo. Pero para Emma no había nada que cambiar, se ha ido después de haber luchado durante toda la noche, llevándose consigo el niño que tenía dentro. El médico me ha dicho que tenía una hemorragia cerebral y otra abdominal, la cadera y un brazo fracturados, y los huesos de la cara hechos pedazos, como si un tractor le hubiese pasado por encima. ¿Cuánto odio hace falta para cometer tal barbaridad? ¿Cómo es posible que un hombre así llevase una vida normal y que nadie se hubiera dado cuenta de nada?

En cualquier caso, con intuir no basta, hay que actuar. Pero la acción requiere algo fuera de lo común: el valor. Yo siempre he hecho poco por los demás, también por mí. Sin embargo, para cambiar una vida, bien sea la propia o la de una persona querida, hace falta una buena reserva de audacia. Es ahí donde reside el problema.

Las manos me tiemblan más de lo habitual, incluso llevarme la tacita a la boca me supone un tremendo esfuerzo. El camarero me mira con compasión. Si fuera un día normal, le contestaría como se merece, la piedad de los otros me saca de quicio. Pero hoy no es un día normal, aunque mirando alrededor parezca serlo. La vida sigue y no se ocupa de las piezas que se le caen por el camino.

Habría tenido que denunciar a aquel cabrón y salvar a Emma, en lugar de perder el tiempo con estúpidas e inútiles cartas. Pero ella no quería que me entrometiese, creía que podía arreglárselas sola, se avergonzaba de su situación. Quién sabe qué mecanismo la movía, quién sabe por qué las mujeres maltratadas sienten vergüenza de sí mismas y de su pareja. Hay algo sorprendentemente perverso en el hecho de que una parte de Emma desease proteger a su verdugo del juicio de los demás.

Me da vueltas la cabeza y necesito dormir, pero antes pido que me envuelvan las dos *sfogliatella*[7] que quedan en el mostrador. A Marino también le chiflan. Luego paro un taxi y, por una vez, voy callado hasta casa. La puerta de Emma está precintada y el rellano ya no me parece familiar. Incluso mi piso me parece extraño, aunque quizá sea yo el que lo mira de forma distinta.

Lo cierto es que el hogar es donde te espera alguien, aunque sea un gato. Pero ni Belcebú aparece, quizá porque sabe que se respira mal ambiente. Él sí que es la perfecta reencarnación del egoísmo, no yo, que todos los días intento autoconvencerme de que, aunque el mundo que me rodea se fuera al traste, yo seguiría como si nada. Pues bien, hoy el mundo se ha derrumbado de verdad y no creo que yo haya seguido como si nada.

Apoyo el paquete de la *sfogliatella* encima de la mesa de la cocina y me hundo en el sofá. A mi lado está todavía la manta que usó Emma. Aparto la mirada y observo el cuadro de Leo Perotti. Qué bonito ser un personaje de cómic, un estereotipo, uno que sabe de antemano lo que tiene que hacer y cómo lo tiene que hacer. Supermán sabe que pasará toda su vida combatiendo el mal. Tiene su sentido, al menos él no perderá el tiempo buscando su camino. Quizá debería meterme ya en la cama. No logro soltar ni una lágrima y fabrico pensamientos sin sentido como, por ejemplo, el deseo de quedarme dormido y despertarme dentro de tres meses. Las personas, cuando están delante de un obstáculo, cogen impulso y saltan. Yo, sin embargo, voy de listo y paso al lado. En fin, no sé cómo afrontar el momento. Creía haber visto de todo, y resulta que no era así.

---

7 Bollo hojaldrado típico de la pastelería napolitana.

Suena el teléfono. Son las ocho de la mañana. Suspiro y voy a contestar con extrema lentitud. Esta mañana hasta los movimientos más sencillos me parecen una montaña insuperable. En cuanto levanto el auricular oigo la voz de Marino.

—¡Cesare, por fin! Te he estado llamando toda la noche. ¿Cómo estás?

Querría cortar la conversación de inmediato. Solo Marino puede pensar en hacerme tal pregunta en un momento así.

—¿Cómo quieres que esté? —replico con tono enfadado.

En realidad debería informarle del hecho de que se me cierran los ojos, me tiemblan las piernas, me cuesta respirar y empieza a dolerme el estómago. Pero no estoy acostumbrado a quejarme. Marino, en mi lugar, ya lo habría hecho.

—No tengo palabras para lo ocurrido —dice él al cabo de un rato.

—Ya —me limito a contestar.

Es verdad, no hay palabras.

—Lo siento, puede que hayamos perdido tiempo por mi culpa. Si hubiese sabido imprimir.

Se me escapa una sonrisa pensando en la zarrapastrosa carta.

—Marino, nosotros no tenemos la culpa.

—Sí, lo sé —contesta él—, pero quizá podríamos haber hecho algo.

Su voz está quebrada por la emoción. Caray, intento no llorar, y llega él y lo hace en mi lugar. La próxima vez me tocará adelantarle.

—Marino, no se la podía salvar. ¡Esa es la verdad!

Él deja de hablar, creo que para reflexionar sobre mis palabras. Lo sé, son duras, sobre todo ahora, pero expresan lo que pienso. Una parte de Emma quería ayuda, pero la otra esperaba no recibirla.

—¿Qué quieres decir?

—Que los cabrones que pegan a las mujeres lo hacen porque saben que pueden permitírselo. Emma no se quería y al principio casi consideraba normal que la maltratase. Pensaba que realmente no estaba pasando nada. ¡Creía merecérselo!

Marino no contesta.

—¿Sabes una cosa? El padre le pegaba —añado al rato, aunque el viejo sigue sin abrir la boca—. Hay varios culpables en esta fea historia, ¡pero seguro que no somos nosotros!

Él espera unos segundos más antes de romper el silencio.

—¿Quieres que suba un rato a tu casa? —pregunta.

Me encantaría poder dormir, pero sé que será imposible, así que le digo que por mí vale. Le esperaré y le daré el bollo, puede que esto baste para que se sienta menos hecho un asco.

Vuelvo a la cocina, abro otra cerveza más y me enciendo otro cigarro. El dolor de estómago ha aumentado y ahora me duele también el pecho. Me dirijo hacia el cuarto de estar y veo el trastero entornado, lo que me trae a la mente los bodis. Abro con rabia la caja y los veo todavía allí. Los agarro y me los acerco a la nariz. Huelen bien, como si ya hubiesen acogido un niño en su interior. Una lágrima cae sin que me dé cuenta. Qué raro, en los últimos días el trastero parece haberse convertido en el gabinete de un psicólogo, solo aquí consigo dar voz al dolor. Debería tirar los bodis a la basura. ¿Para qué me pueden servir, si no es para recordarme eternamente esta horrible historia? Sin embargo, los vuelvo a colocar en su sitio y cierro la caja de cartón. Intento llegar otra vez al sofá, pero me parece que ya no puedo ni tenerme en pie. En el comedor noto una punzada en el pecho. Estiro el brazo hacia el marco de la puerta y me paro, como queriendo comprobar el presentimiento que tenía.

Todo está tranquilo.

Suelto mi punto de apoyo y me arrastro hacia mi objetivo. Otra punzada, esta vez muy fuerte, me desgarra el pecho. El cigarro se me escapa de los labios, mientras la botella de Peroni se me escurre de la mano y estalla en el suelo con estruendo. Quisiera gritar, pero la voz se me ahoga en la garganta; las piernas me abandonan y me desplomo en el suelo, entre la cerveza que se confunde con la orina que empieza a mojarme los pantalones.

Me estoy muriendo. Los infartos ya me son familiares, pero este parece más doloroso que el primero. Si no fuera ateo, pensaría que ha llegado el momento de marcharse, me convencería de que tiene su sentido, que quizá Dios me esté llamando para cuidar de Emma, como si yo conociera bien lo que nos espera en el otro lado. El Señor se sirve de mí para ayudar a una pobre chica, me concede la posibilidad de probar de nuevo a salvarla. Si fuera creyente, moriría feliz. Sin embargo, me estoy cabreando. Emma y yo nos bajamos hoy de la atracción, mientras el despreciable que la ha matado se da otra vuelta. No me parece justo pero, al fin y al cabo, la justicia es un concepto inventado por el hombre, no existe en la naturaleza.

Intento gritar, aunque sé que nadie puede oírme; pero todo lo que sale de mi garganta es un estertor parecido a los ronroneos de Belcebú cuando espera paciente que le sirva jamón. Los ojos se me cierran, pero consigo divisarle justo a él, al gato negro de la señora Vitagliano que, por debajo de la puerta del salón, me mira como si yo fuera un mueble viejo al que no hay que dar mucha importancia. Extiendo la mano, por primera vez soy yo el que lo necesita. «Ve a pedir ayuda», me gustaría decirle. El felino me mira un rato, luego se aburre, se lleva la pata a la boca y se entrega a una sesión de limpieza. Yo me muero y él se lava. Parece una broma: vivir como un egoísta, morir por culpa de un egoísta. La vida ha decidido darme una lección.

Cierro los ojos y me abandono. El médico me decía siempre que no exagerara, que llevara una vida regular, que no fumara, que no tomara la píldora azul con Rossana, que no bebiera. Demasiadas prohibiciones, doctor, así la vida se convierte en una carga. Además, de esta forma Sveva lo aceptará y podrá pensar que me había advertido, tendrá un remordimiento menos con el que convivir. A lo sumo, se echará unas risas con su hermano en una cena entre amigos, recordando mi proverbial obstinación. Quién sabe si Rossana llorará. Marino, sin embargo, estoy seguro de que lo hará, sobre todo porque será él quien me encuentre.

Empiezo a sentir frío. Siempre he pensado que el infarto sería una de las mejores formas para irse. Nada de años de sufrimiento, terapias, hospitales, gente que te mira de manera compasiva o te oculta la verdad. Un golpe seco y adiós muy buenas. Sin embargo, hará por lo menos tres minutos que estoy tirado en el suelo, meditando sobre la existencia, sin que la pantalla se apague. Una hipótesis no barajada, una vez más. Mi vida ha estado llena de hipótesis no barajadas. Afortunadamente, la mayoría de las cosas que nos ocurren no están previstas.

Belcebú se acerca y empieza a lamerme la mejilla. Un gesto de cariño, no pasa nada si estoy a punto de morir y la higiene es el último de mis problemas. Si tuviese fuerzas, le daría un puñetazo en la cabeza a este maldito gato. Sin embargo, decido relajarme y dejarme llevar por el sueño. Ahora ya ni siento dolor, solo cansancio.

Marino tiene las llaves de mi piso, podría salvarme. Pero ¿cuánto tardará en entender lo que ha ocurrido? Y sobre todo, ¿cuánto tiempo le llevará bajar y volver a subir? Mi salvación está en las manos de un viejo atontado con los mismos reflejos de un perezoso.

Adiós, mundo, un placer haberte conocido, ¡aunque seas realmente un cabronazo!

# ME GUSTA

—¿Sabes lo que me comería ahora? —susurro al oído de Sveva, que está inclinada sobre mí.

Ella me mira como haría con su hijo.

—Papá, para ya —dice.

—Un poco de jamón serrano —continúo.

Entre los muchos alimentos que me podían venir a la mente, he elegido el jamón. Más envejecemos, y más perdemos el interés por las cosas dulces. En todos los ámbitos.

—Me gustaría que me trajeras una bandejita de jamón cortado fino, del que parece derretirse en la boca.

Se me hace la boca agua. Llevo tres días alimentándome solo con mejunjes. Dante, Leo y Rossana ríen; Sveva se pone nerviosa. No sé si ya lo he dicho, pero mi hija no tiene sentido del humor.

Ha sido Marino el que me ha salvado de la muerte. Increíble, ha subido a mi casa con las llaves y, cuando ha visto que no abría, ha entrado. A quien le ha pedido explicaciones ha contestado que le parecía normal llevarse las llaves, por si me había quedado dormido en el sofá. Me ha salvado la vida, aunque no de manera definitiva. Cuando he llegado al hospital –me he enterado después–, estaba más para allá que para acá, y he tenido que estar en reanimación durante tres días. Ahora la cosa va mejor, pero tengo que operarme si quiero seguir haciendo el idiota unos años más. En diez minutos vendrán a buscarme y me llevarán al quirófano. Luego me abrirán el tórax e intentarán arreglar mi corazón enfermo. Me hace gracia pensarlo: unos perfectos desconocidos se empeñan, sudan, gritan e imprecan para salvarme el pellejo; mientras yo me quedo allí durmiendo, como si el problema no fuese conmigo. Es uno de los raros casos en los que el hombre confía su vida a un igual. Generalmente, solemos pensar que sabemos hacer las cosas mejor que los demás.

De todas formas, no tengo mucho miedo, quizá porque he tenido la oportunidad de darme cuenta de que morir, en realidad, es como emborracharse, no consigues mantener los ojos abiertos. Nada más.

—Cuando vuelvas a casa te llevaré la bandejita —dice Sveva con los ojos vidriosos.

—No llores, mi niña, no tengo claro que allí arriba me quieran, ¡soy un vecino terrible!

Al pronunciar la palabra «vecino» me vuelve a la mente Emma. Con ella no creo haber sido mal vecino. Quisiera podérselo preguntar, serviría para tragarme el trozo de alquitrán que noto en la garganta desde aquella noche de mierda. Los médicos dicen que es a causa de la entubación, pero yo sé que no es así, es el sentimiento de culpa que todavía no logro digerir y que me sube como el reflujo. He hecho lo que he podido, Emma, espero que lo hayas entendido.

—¿Cómo puedes ser siempre tan frío y gracioso, incluso en un momento así? —pregunta Sveva—. A veces me gustaría parecerme más a ti. Pero en lugar de eso, solo he heredado tus defectos.

—Bueno, a veces hay que hacerse viejo para poder reírse de la vida. ¡Con mi edad serás simpatiquísima!

Será porque de esta manera alejo el miedo de poder salir cadáver del quirófano, pero tengo la sensación de no poder dejar de hacerme el chistoso. Hay dos maneras de enfrentarse a las cosas: con desesperación o con ironía. Y ninguna de las dos cambia la situación. El resultado final no nos compete a nosotros decidirlo, pero cómo pasar los últimos cinco minutos de prórroga, sí.

—Estúpido —exclama Sveva, dándome un golpe en el brazo. Interviene Rossana.

—La verdad es que no puede dejar de ser el centro de atención. ¡Es un viejo que se gusta demasiado!

Esta vez soy yo quien sonríe. Si me salvo, tengo que fijarme como objetivo convencer a Rossana para que se jubile y se ocupe de mí. Creo que me costará, pero, al menos, me mantendrá ocupado. Dante me ha contado que la mujer se ha pasado dos días plantada delante de la sala de reanimación, rezando. Marino, sin embargo, no ha podido venir, pero llamaba cada hora y lloraba como un niño con el primero que contestaba al teléfono. Él siempre con su buen corazón de acero.

Mi hijo se apoya en el borde de la cama. Me gustaría empujarle un poco más para allá, su perfume me da náuseas. Pero, jopé, con lo que he hecho para acercarme a él, no puedo estropearlo todo justo ahora.

—Oye, sé que no es el mejor momento, pero después de la operación tenemos que buscar una solución. O te vienes a mi casa o a la de Sveva. ¡Solo ya no puedes estar!

Dios mío, a casa de Sveva no. Pero tampoco a casa de mi hijo me parece una buena idea. No oso imaginar el espectáculo de él y el artista en bata, sentados en el sofá cogidos de la mano. Debería decirle la verdad, pero su ternura me impide contestar. Dante, al contrario que su hermana, sabe cómo tratarme. Entonces asiento, no puedo discutir ahora. Solo un problema a la vez, antes tengo que pensar en salvar el pellejo. Luego evaluaré con cuál de mis hijos arruinar lo que queda de mis días.

En realidad, habría también otra posibilidad: quedarme en casa con una cuidadora, y mejor si no es demasiado vieja. Pero esto tampoco lo puedo decir, está Rossana a mi lado y no me parece una broma de buen gusto. Además, tengo una sospecha: si hoy me salvo, me tocará despedirme de mi viejo amigo el de las partes bajas, ya que sin píldora mágica solo le quedará la jubilación. Debería ser lo normal a mi edad, pero no es así. Es triste pensar que un amigo al que tienes tanto cariño y que nunca te ha traicionado, de repente se para y se despide de ti. Una buena faena, sin duda. Para eso quedaos también mis ojos, por lo menos así no estoy obligado a mirar un espectáculo con el que luego no sabré qué hacer.

Entran dos enfermeros. Hora de irse.

Ahora también Dante me parece emocionado. Sveva se ha girado de espaldas.

—Eh, chicos, ¡que todavía no estoy muerto! —consigo decir antes de que Dante me abrace.

No estoy hecho para dramones. De tener que morir, habría sido mejor hacerlo en mi salón, mientras Belcebú me chupaba la mejilla. Así no habría tenido tiempo para emocionarme.

Uno de los dos enfermeros inyecta algo en el goteo intravenoso, luego desengancha la cama y me arrastra fuera, al pasillo. Las luces de los fluorescentes del techo me acompañan a lo largo de todo el recorrido. Debería cerrar los ojos, no hay nada bonito que mirar aquí. Lo único es que si en breve estoy muerto, no querría desaprovechar la posibilidad de fijar en mis pupilas los últimos objetos de este mundo, aunque fuesen las luces blancas de unos miserables fluorescentes.

La primera persona que he visto después de haberme recuperado del infarto ha sido mi nieto, que me acariciaba el poco pelo que me queda. Ya me sentía nervioso, no recordaba nada y solo deseaba volver a mi casa. No me gustan los hospitales, y solo pensar que tendría que quedarme en uno durante quién sabe cuánto tiempo me deprimía. Pero luego, para cambiarme el suero, ha venido la señora Filomena..., y el mundo me ha vuelto a sonreír. Es una enfermera de unos cincuenta años, voluptuosa, de piel bronceada, pelo corvino, maquillaje llamativo, labios operados... ¡y dos tetas que no son de este mundo! Nueva York tiene la estatua que simboliza la libertad y nosotros, gracias a la señora Filomena, podríamos corresponder con la de la vulgaridad, bastaría que tuviese su aspecto. Pero la verdad es que la enfermera me ha animado: a mí las bastas me encantan.

Al día siguiente la he llamado y le he pedido que me acomodara las almohadas. Después me he quedado con cara de idiota disfrutando de sus tetas, que estaban a un palmo de mi nariz, mientras ella se empeñaba en animarme. Al final ha sonreído y ha comentado:

—Caballero, ¡a usted todavía le gusta hacerse el gracioso!

Sí, me gusta ser gracioso, no tomarme demasiado en serio la vida; me gustan las mujeres guapas y las tetas grandes. Pero también me gustan otras muchas cosas. Por ejemplo: me gusta el olor a comida que llega desde una ventana abierta y la cortina que en verano se desplaza despacio para dejar pasar el viento. Me gustan los perros que inclinan la cabeza para escucharte y una casa recién pintada. Me gusta cuando un libro me espera en la mesilla. Me gustan los botes de mermelada y la luz amarilla de las farolas. Me gusta palpar la carne y el pescado crudos. Me gusta el ruido al descorchar una botella. Me gusta el vino tinto que se agarra al vaso. Me gusta una barca desconchada. Me gustan los lugares familiares y el olor de las lavanderías. Me gusta el cordel de esparto y el carnicero que corta la carne con movimientos regulares. Me gustan las mejillas rojas y el temblor de la voz.

Estamos en el ascensor. Un enfermero me empuja, el otro aprieta el botón. Aquí también la luz es blanca y aséptica. Noto cómo el ansia sale de mis vísceras y crece en mi pecho. Cierro los ojos y vuelvo a mi lista.

Me gusta el olor de los niños recién nacidos y el sonido lejano de un piano. Me gusta el ruido de la grava bajo los pies y las calles que se desenvuelven como torrentes entre los campos. Me gusta el Vesubio que me hace sentir en casa. Me gusta meter los pies bajo la arena. Me gusta el fútbol el domingo por la tarde, el olor de una pastilla de jabón nueva, los vidrios empañados en los días fríos. Me gusta cuando una mujer te dice «te quiero» con los ojos. Me gusta el chisporroteo de las castañas en las brasas. Me gusta el silencio de las tardes de verano y el ruido de la marea por la noche. Me gusta el canto de los pájaros fuera de la ventana, el agua que moja los pies y la corteza de un olivo bajo las yemas de los dedos. Me gusta el olor a chimenea cuando paseo sobre las piedrecillas de un pueblo de montaña. Me gusta la pasta hecha a mano y los mensajes escritos en los muros. Me gusta el olor a abono en un campo mojado. Me gustan los cucharones de madera. Me gusta el cactus que sabe adaptarse y el ruido de un arroyo escondido. Me gusta el cucurucho de boquerones fritos que venden frente a la galería de Dante. Me gusta el perfume del pelo de las mujeres.

Todavía un pasillo por recorrer, parece que no vamos a llegar nunca. Los dos que están a mi lado saludan a sus compañeros, hablan, bromean. Para ellos no soy más que otro cuerpo que se dirige al matadero, nada más que rutina cotidiana. Si miras cada día la muerte a tu lado, pasado un tiempo se te escapa un bostezo.

Se abre la puerta. Estamos dentro.

Me gusta el borboteo de la cafetera en el fuego, las piedras pulidas por el mar y el sonido de los cubiertos en el restaurante. Me gusta un gato que merodea furtivo entre los coches y el chirriar de un viejo mueble. Me gusta el saludo desde lejos y la mirada curiosa del turista que observa mi ciudad. Me gustan las avenidas arboladas. Me gusta el olor de las viejas charcuterías que ya no existen. Me gusta quien toca música por la calle. Me gusta el color de los tomates y el olor de la crema en el cuerpo. Me gustan las tardes de verano acompañadas por el canto de los grillos. Me gusta sacar un espagueti del agua hirviendo e hincarle el diente. Me gusta la peste a pescado de un viejo pesquero cubierto de óxido y la luna que pinta en el agua su estela para poder tocarla. Me gustan las fotografías que permiten viajar en el tiempo. Me gusta el crujido del suelo de madera. Me gustan los defectos. Me gusta una vieja ruina en una plantación de trigo. Me gusta mirar desde arriba una playa tapizada por mil sombrillas de diferentes colores. Me gustan las viejas canciones que te dejan sin respiración. Me gusta el cangrejo que huye hacia la cavidad del escollo. Me gusta la portería de fútbol pintada en un muro sin enlucir. Me gusta sentir la mano de una mujer detrás de la nuca.

Los dos agarran los bordes de la sábana y me levantan. Un momento después estoy en la camilla del quirófano. El corazón empieza a bombear más fuerte. Intento relajarme y no pensar en lo que ocurrirá dentro de unos minutos. Llegan dos médicos, uno tiene la carpetita en la mano y el otro me agarra el brazo. Cierro de nuevo los ojos. No quiero ver nada más, solo quiero imaginar.

Me gustan los pájaros que se resguardan debajo de una cornisa y esperan que escampe. Me gusta la ciudad que duerme, y la imagen de un rastrillo y un cubo apoyados en la arena. Me gusta el caracol que se arrastra con esfuerzo hacia un refugio. Me gusta el campanilleo de una bicicleta. Me gustan los lagartos que, en lugar de escapar, se quedan inmóviles. Me gustan las cruces en los picos de las montañas. Me gusta el blanco de las casas costeras y los viejos patios con ropa tendida. Me gusta cuando me viene a visitar un recuerdo. Me gusta el viento que desplaza los obstáculos y los frutos maduros que abandonan la rama. Me gustan las hormigas que beben de una gota de rocío. Me gusta una cancha en la periferia. Me gusta caminar descalzo en verano. Me gustan los rostros arrugados por la vida. Me gusta un hombre que trabaja en los campos lejanos. Me gusta quien ama a un hijo que es no suyo.

El médico, con una mascarilla que le tapa la boca, me da un golpe en la mejilla y luego pregunta: «Señor Annunziata, ¿todo bien?».

Estáis a punto de abrirme como una sandía, no sé si sobreviviré a la operación, ¿y me preguntas si todo bien? Asiento por no discutir, mientras noto cómo alguien maniobra con la aguja que está metida en mi vena. Entonces siento el metal frío en la piel de los tobillos y de las muñecas. El olor a alcohol está por todas partes, y a mí no me gusta el olor del alcohol.

Sin embargo, me gusta el olor del limón que se pega en los dedos y el de la tierra oscura que se mete debajo de las uñas. Me gusta el aroma de los pinos y el perfume de la ropa recién tendida. Me gusta el tamborileo del granizo en los cristales y la consistencia de la toba. Me gusta el sabor del café que desaparece despacio y el del chocolate negro que llega con un poco de retraso. Me gustan las vigas de madera en el techo, las migas de pan y los objetos que ya nadie usa. Me gusta cruzar la mirada con una desconocida. Me gustan los movimientos seguros de un pizzero, el abrazo de una celebración, la mano del recién nacido que agarra el vacío. Me gusta la hiedra que trepa por la fachada de un edificio. Me gusta el pez que mordisquea una miga de pan en la superficie del agua y huye. Me gusta quien lee en la parada del autobús. Me gusta quien no hace demasiados proyectos y quien sabe estar a solas. Me gusta una cocina en un porche. Me gusta el sabor del sudor después de una larga carrera. Me gusta quien siempre ve el vaso medio lleno. Me gusta el pelo blanco y la báscula de hierro que usaban antaño los fruteros. Me gusta la casa que te recibe con olor a comida. Me gusta el chasquido de los labios en la piel. Me gusta quien ama primero.

Se apagan las luces. El doctor se inclina hacia mi rostro y, con voz tranquilizadora, dice: «Señor Annunziata, ahora le dormimos. Se despertará en su habitación cuando hayamos terminado. No se preocupe, ¡todo irá bien!».

Ni levanto los parpados. Me despertaré en mi habitación o, simplemente, no me despertaré. Una sutil diferencia.

Me gusta la luz del cielo cuando ya no hay sol. Me gusta la hierba que vence al asfalto. Me gusta la sonrisa burlona de un Down. Me gusta quien no guarda rencor. Me gusta una vieja librería desordenada. Me gusta el instante antes del primer beso. Me gusta observar los edificios de una ciudad desconocida. Me gusta la dignidad del hijo que sujeta a su anciana madre detrás del coche fúnebre. Me gusta la mujer que ama la comida. Me gusta leer un libro en la sombra. Me gusta la salamandra que mira al horizonte apostada al lado de una bombilla. Me gusta quien tiene la valentía de creer con todas sus fuerzas en algo. Me gustan los nidos de las golondrinas. Me gusta quien todavía se maravilla frente a las estrellas. Me gusta el olor a brasas y los muros que acogen amores de un solo verano. Me gustan los chicos que se besan en un banco y las sábanas arrugadas después de una noche de amor. Me gusta el zumbido de fondo de un ventilador. Me gusta imaginar el rostro de una mujer que está de espaldas. Me gustan los haces de heno en los campos al borde de la carretera. Me gusta quien sabe pedir perdón. Me gusta quien todavía no ha entendido cómo apañarse en esta tierra. Me gusta quien sabe preguntar. Me gusta la sonrisa de mis hijos.

Me gusta quien sabe quererse.

Ya no me viene nada más a la cabeza, quizá la anestesia ha empezado a hacer efecto. Mejor dormir, el listado lo retomaré más tarde.

Ay, no, un último «me gusta».

Me gusta quien lucha cada día por ser feliz.

# ÍNDICE

CPSIA information can be obtained
at www.ICGtesting.com
Printed in the USA
LVHW032240130919
631072LV00009B/69/P